EDDY DE WIND
EINDSTATION
AUSCHWITZ
Mijn verhaal vanuit het kamp (1943-1945)

最后一站：奥斯维辛

［荷］ 埃迪·德文德 – 著

张耀天 – 译

民主与建设出版社
·北京·

© 民主与建设出版社，2020

图书在版编目（CIP）数据

最后一站：奥斯维辛 / (荷) 埃迪·德文德著；张
耀天译. -- 北京：民主与建设出版社，2020.12
书名原文: EINDSTATION AUSCHWITZ
(LAST STOP AUSCHWITZ)
ISBN 978-7-5139-3151-9

Ⅰ.①最… Ⅱ.①埃… ②张… Ⅲ.①传记文学－荷
兰－现代 Ⅳ.①I563.55

中国版本图书馆CIP数据核字(2020)第146244号

EINDSTATION AUSCHWITZ
Copyright © 2020 Eddy de Wind
Simplified Chinese translation copyright © 2020 by Beijing Fonghong Books Co., Ltd
Published by agreement with Sebes & Bisseling Literary Agency,
through The Grayhawk Agency Ltd.
All rights reserved.

本书简体中文版版权属于北京凤凰联动图书发行有限公司。

版权登记号：01-2020-5260号

最后一站：奥斯维辛
ZUIHOU YIZHAN: AOSIWEIXIN

著　者	［荷］埃迪·德文德	**译　者**	张耀天	
责任编辑	李保华	**特约编辑**	杨　帅　未　生	
出版发行	民主与建设出版社有限责任公司			
电　话	（010）59417747　　59419778			
地　址	北京市海淀区西三环中路10号望海楼E座7层			
邮　编	100142			
印　刷	三河市金元印装有限公司			
版　次	2020年12月第1版	**印　次**	2020年12月第1次印刷	
开　本	880毫米×1230毫米　1/32	**印　张**	8.75	
字　数	167千字	**书　号**	ISBN 978-7-5139-3151-9	
定　价	48.00元			

注：如有印、装质量问题，请与出版社联系

序

每当有关于那场浩劫的回忆录、历史读物或者小说问世，我们读到那时发生在欧洲各地的罪恶细节，对那段历史的理解便又加深了一分，同时加深的还有怵然悲凉之感，因为我们不得不意识到，自己所属的这个物种可以残忍到何等地步。描述集中营生活经历的作品不在少数，当中的有些作者足以跻身于 75 年以来最杰出的作家行列。不过，就目前所知，埃迪·德文德的《最后一站：奥斯维辛》是唯一一部在集中营里创作完成的作品。正因如此，它为我们提供了独一无二的视角来审视这场悲剧。恐怕没有任何事件会比这场悲剧更适合为 20 世纪作下注脚，并将之钉在耻辱柱上的了。

我读过许多以集中营里的生死劫为主题的回忆录，其中有些背景在奥斯维辛，有些在达豪、特雷布林卡等数十个灭绝营。但每一次阅读这类作品，有一点始终让我震撼不已，那就是——原来集中营里的日常点滴在幸存者的脑海中留下了那么深刻的印象，就像刻在他们手臂上的刺青一样，以不容分说的野蛮方式深深烙进了他们的共同记忆之中。对我们来说，当年发生的事已成为历史，所以很多看法未免有些天真，往往以为那些活着走出集中营的人会竭尽全力忘记经历过的一切。但事实似乎恰恰相反：尽管并不情愿，人们还是会将遭受过的创伤铭记于心；而痛苦的解药，就是站出来留下自己的证言。

已经有很多公开的资料帮助读者、学者和历史学家去理解那段不可理喻的过往，而埃迪·德文德的记录则为那些资料提供了独一无二的补充。犹太人"一丝不挂地站在太阳底下，阳光已经在他们身上炙烤了好几个小时了"。理发师们"用已经钝掉的刀片""与其说是剃头，还不如说是将头发生生撕扯下来"……只要读者对那段历史有所了解，那么对诸如此类的受难者形象应该并不陌生。然而，埃迪·德文德不仅亲历了这样的侮辱，而且极为坚定地将之记录下来。所以，他留下的文字具有格外触动人心的力量。我们不禁揣想：他究竟怀着怎样的心情，将深藏于心的遭遇诉诸笔端？这样做是能为他排解痛苦，还是将他又推回了那段黑暗的时光呢？

德文德细致地描述了奥斯维辛集中营里的人和事，不论是囚犯、警卫、高墙、食物，还是刺青、毒气浴和大屠杀。通过这些描述，他本人的形象也在我们眼中渐渐清晰：他被别人监视着，同时也暗暗观察着别人；他努力记住一切，等待纳粹战败的那一天；尽管他或许并没有想过那一天真的能到来，但他知道，唯有揭露纳粹之恶，才能避免人类再次犯下同样的罪行。

和那一时期的许多作家一样，他为我们做出的贡献是无法计量的。

这本书，正如所有关于集中营生活的回忆录一样，当我们翻阅它的时候，会对人类产生越来越强烈的幻灭感，无法不扪心自问："要是我也遭受那样的折磨，甚至假如我是奉命成为折磨他人的执行者，我会怎么做呢？"作者以敏锐的洞察力记录下这些可怕的细节：运尸工把一具具尸体扔进铺着锌的卡车，尸体上滴下来的水湿润了金属表面，尸体便这样滑到了货斗里。因此车上等着收尸的工人要赶快跳到另一边，免得弄脏自己的衣服；在火葬场的角落，许多铁罐堆积如山，那是被火化了的波兰人的骨灰盒；晚上七点钟，就能听到外面的处决："先是听到下令开枪，然后一阵枪响，接着是尸体被拖走的声音。如此循环往复。接着又传来受难者的哭泣声。一个女孩在苦苦哀求，她还那么年轻，那么渴望活下去。"

《最后一站：奥斯维辛》这部书中最令人动容的悲惨画面之一，便是与挚爱之人的诀别。作者写作时思绪动不动就绕回到妻子弗里德尔身上，他始终在为她担惊受怕，不知道她会有什么样的遭遇，也不知道是否还能有重逢之日。最后几页对思念妻子的描写是那么沉痛，这本书也成了对她在集中营所遭遇的苦难的见证。

"党卫队是仇恨的产物，镇压反抗纳粹的德国人民和与他们有关联的各族人民，"德文德如此写道，"党卫队鼓吹种族纯化，在犹太人、俄国人和吉卜赛人身上练手……在集中营里，党卫队队员的施虐欲望被唤醒，并得到满足。而且正因为他们有机会获得这种满足感，他们一直是希特勒温顺的追随者。"

这是一个极为特殊的历史案例，我们不禁想要质问：邪恶是不是人类身上与生俱来的极端因子？是不是我们每个人内心深处都潜藏着阴森的恶意？在"二战"结束四分之三个世纪后的今天，倘若我们不对至今仍威胁着这个世界的各种力量保持警惕的话，同样的邪恶是不是随时都可能被唤醒呢？

书中处处展现出作者强大的洞察力，以上仅仅撷取其中一瞥，已足以彰显这本书的价值。当那位斯洛伐克医生说出"回家，是个相对的概念。我全家都在这儿被灭绝了"，读者会恍然意识到，对集中营里的人而言，一想到或许能离开这里，他们心中升腾起的该是一种多么复杂难言的感情。自打来到这里的那一刻起，每一个男人、每一个女人、每一个孩子，当然都一心想要回到他们被迫离开的城镇。但是，一想到只能孤身一人回去，回到已经物是人非的地方，度过被创伤阴影笼罩的余生，那么"回家"这个念头必定会在他们心里引起我们想象不到的恐惧。因此，许多战争幸存者虽然平安生还，却产生了深重的负罪感乃至不想再活下去，也就不难理解了。或许，"幸存者"这个词本身就是一种不妥当的说法。

本书出版之时，曾在集中营生活过的人中仍有在世者，当年他们年龄尚小，如今尚能亲口讲述他们的故事。不久之后，他们也将成为历史的一部分，我们和我们的后人只能靠《最后一站：奥斯维辛》这样的叙述来铭记往事，然后站出来为那些死难者做证。千百万生命逝去了，但在像埃迪·德文德这样的作家笔下，他们会永远活下去。我们会继续将他们铭记。

约翰·伯恩

2019年9月

那片若隐若现的蓝色山脉有多遥远？延伸到明媚的春日阳光下的那片平原有多广阔？如果是徒步的话，一天便可到了吧。如果骑着马一路小跑的话，一个小时也可到了吧。可对我们来说，它很远，非常遥远，遥远得看不到尽头。那片山不属于这个世界，不属于我们的世界。因为在我们和它们之间，横着电网。

　　我们内心的渴望，我们狂野的心跳，冲向我们头脑的血液，一切都显得无力。毕竟，我们和那片平原之间隔着电网。电网有两排，上方的灯闪着柔和的红光，照在两排高压电网和高高的白墙之间的一方天地，照在被困于此的所有人身上，就像是死亡在我们身上留下的记号。

　　总是同样的画面，总是同样的感觉。我们站在营区的窗前，眺望着诱人的远方，胸中充溢着紧张和无力感。

　　我和她之间隔了十米的距离。每当我眺望远方的自由大地的时候，便会把身子探出窗外。我因为等级较低，还能自由活动，可弗里德尔连这点自由都没有，因为她是更高等级的囚犯。我住在9号楼，一个普通的病人区。弗里德尔住在10号楼，那里也有病人，但和我们楼的不一样。我们这儿躺着的多是因为暴行、饥饿和过度劳动而生病的人。这些仍算是自然病因，在诊断书上也被算作可以确定的自然疾病。

10号楼是"实验楼"。那里住着被自称为"教授"的虐待狂侵犯的女性，她们所拥有的最美好的东西：作为女人，以及未来能够成为母亲的能力，被以一种前所未有的残忍方式玷污了。

女孩们不得不放任那只疯狂的野兽将蛮横的激情发泄在自己身上，她们遭受着这样的痛苦，并违背意志忍受被玷污这件事，都是出于由生命中自然萌生出来的、活着的本能。在10号楼，涌动着的并不是爆发的欲望——而是政治妄想、经济利益。

这些我们都知道。

在我们眺望这片波兰南部平原，想要穿越这片把我们和视线尽头的蓝色贝斯基德山分开的草地的时候，我们都知道。

但我们还知道更多。

我们知道，我们的结局只有一个，但这个结局会将我们从这座铁丝网的地狱中解放出来，那就是死亡。

我们还知道，在这里，死亡会以不同形式在我们身上降临。

它可以像一个坦率的战士般冲来，医生会迎上去和它生死一搏。虽然这种死亡还有些下三烂的盟友——饥饿、寒冷和害虫，但在官方死亡原因里，它仍然被归类为自然死亡。

但它不会就那样找上我们。它会像找上之前在这里的几百万人一样，悄无声息，无踪无影，几乎没有气味。

不过我们知道，那只是死亡为了避开我们的视线而披上的隐形衣罢了。我们知道，死亡是穿着制服的，因为看守毒气室的那个人身上就穿着制服，上面写着：党卫队。

正因如此，我们在眺望那若隐若现的蓝色山脉时才会如此充满渴望。它离我们只有 50 公里远，对我们来说却永远触不可及。

正因如此，我才用力将身体探向 10 号楼，探向她所在的地方。

正因如此，她才会将手深深地插进糊住窗子的纱网里。

正因如此，她才把头靠在木头上，因为她对我的渴望不能被人打扰，就像我们对那高高的、若隐若现的蓝色山脉的渴望不愿被打扰一样。

嫩嫩的青草，熟得快要爆开的棕色栗子芽，还有那一天比一天明媚的春日阳光，似乎在预示着新生的到来。然而，死亡的寒意笼罩着大地。那是 1943 年的春天。

德国人依然在俄罗斯深处作战，战局还没有逆转。

西方的同盟国军队还没有踏足这片大陆。

肆虐欧洲的恐怖活动，仍在以越发激烈的方式上演着。

犹太人是这些掠夺者的玩具，陪他们玩着猫捉老鼠的比赛。摩托车轰鸣着从阿姆斯特丹的街道间穿过，原本和平的运河边，充斥着皮靴跟踩在路上的声音和咆哮的命令，一夜连着一夜。

然后，这些"老鼠"经常在被带到韦斯特博克后再被放出来。人们可以在营地内自由活动，有包裹会寄过来，一家人也会待在一起。每个人给阿姆斯特丹的家人朋友写信时都会乖乖加一句"我挺好的"，这样，其他人便可不必抵抗，老实地向"绿色警察"[1]

1　秩序警察。——本文中所有注释均为译者注

束手就擒。

在韦斯特博克，犹太人还抱有幻想。他们现在虽然脱离了社会，但是一切应该会好的，他们最后会离开这被隔离的处境，重返家园。

"战争一旦打完，我们就返家园。"有一首流行歌曲是这样开头的。

他们不仅没有预见到自己未来的命运，甚至还有勇气——也许是盲目自信？——在这里开始新的生活，组建新的家庭。

每天，莫豪森博士都会代表韦斯特博克的市长来营地视察，在一个美丽的早晨——四月里天气最好的九天之一，汉斯和弗里德尔出现在他面前。

他们是两个理想主义者，他27岁，是著名的营地医生之一，而她刚满18岁。在大厅里，他是医生，她是护士，他们就是在那里认识的。

"独自一人，我们只是虚无；携手并肩，我们便成一体。"他曾在给她的诗中那样写过，如此描述他们的感情最恰当不过了。在一起，他们会渡过难关。也许直到战争结束前他们都会留在韦斯特博克，要不然，就在波兰继续战斗。反正战争一定会结束的，没人相信德国能够获胜。

就这样，他们在一起半年多，住在"医生房间"，那是一个用纸箱子与住了130个女人的大营房隔离开来的空间。住在那里的不只有他们，还有另一位医生，再后来，他们不得不与两对夫妇共用这个房间。这里真不是年轻人经营婚姻生活的地方。不过要是没有那些运送火车的话，其实也不碍事：每周二早上，都有1000人被送上火车。

男人、女人；老人、年轻人、嗷嗷待哺的婴儿，甚至还有病人。只有极少数人，汉斯和其他医生可以证明他们病得太重，无法在火车里躺上三天，才被允许留下来。此外，还有些特权人士：受过洗礼的、跨族通婚的、自1938年以来一直在营地的"营地旧居民"，以及汉斯和弗里德尔这样的长期工作人员。

有一份工作人员名单，上面有上千个名字。但是每一次都会有些城里过来的人需要被保护，他们要么是受到城市里居民的爱戴，要么是受德国人的命令，要么是因为他们曾经是光荣公民，不过更多的时候，是因为他们是犹太人理事会成员的旧相识，或者是在韦斯特博克曾经有关键地位的"营地旧居民"。于是这份名单就要被重新修订。

1943年9月13号的晚上，犹太人理事会的一名员工过来叫汉斯和弗里德尔收拾收拾，准备被送走。汉斯迅速穿好衣服，把为了每周的运送而在夜间高强度工作的部门全都巡视了一遍。斯巴尼尔医生，也就是医院的院长，对这个通知怒不可遏。汉斯在营里已经待了一年了，他工作非常努力，而很多后来才进来的人却不怎么干活。但是汉斯是在犹太人理事会的工作人员名单上的，要是他们都帮不了他，医护部门就更束手无策了。

八点钟，他们带着自己的全部家当，站到了穿营而过的火车前。站台上人山人海。治安局和机动兵团[1]的人将行李搬上火车，还有两节车厢载满了路上所需的生活用品。医院的护士们搀着病人蹒跚而来，这些病人大多已经年迈，没法走路。但他们依然不能留下，因为下个星期他们也不会比现在行动便利。然后是留下的人，他们站在距离火车几十米的警戒线后面，哭得比要走的人更伤心。火车前后两端各有一辆带着纳粹党卫队的"SS"标志的卡车在进行监视，不过他们倒也算温和，甚至会鼓励这些人，因为他们不能让荷兰人知道"他们的"犹太人实际上受到的是什么待遇。

十点半，出发时间到了。货车的车厢门从外面被锁上。最后再道一声珍重，最后一次从车厢上方的小窗里眨眼示意，然后他们就踏上了被运往波兰的路途，没人知道下一个目的地是哪里。

汉斯和弗里德尔运气还不错。他们这节车厢里坐着的全都是年轻人，他们是弗里德尔以前在犹太复国主义组织里的朋友。他们人很友好，也很随和。车厢里一共挤下了38个人，狭小的车厢

---

1 韦斯特博克的一群囚犯，需要执行必须迅速执行的特殊任务。

无比拥挤，大家左挪右挪，再把行李挂在天花板上，这样每个人能勉强有一块坐的地方。

"美满的"生活在路上开始了。到第一站的时候，上来了几个党卫队队员。他们先是索要了香烟，然后是手表，紧接着是钢笔和珠宝。小青年们对此一笑置之，递上去几根散烟，发誓说身上再也没有了。他们很多人的祖籍都在德国，也经常不得不和党卫队打交道。曾经他们也活着出来了，这次自然也不会轻易让人摆布。

吃的就别想了。这三天，谁也没看见之前装上车的那些补给的影子。不过没关系！他们自己从韦斯特博克带出来的也还够。偶尔可以有几个人下车把满当当的马桶倒掉。当他们看到城市被轰炸的痕迹的时候，会雀跃一下，除此之外，整个旅程就没有其他节目了。

第三天，他们终于知道了目的地：奥斯维辛。这不过是一个词，没有什么特殊含义，不好，但也不坏。

夜里，他们抵达了奥斯维辛的大院。

火车停下来很久了，久到人们开始不耐烦，只希望现在能给他们一个准信儿就好，能看看奥斯维辛到底是什么样子就好。

　　准信儿来了。

　　破晓时分，火车最后一次启动，几分钟后停在了平地中间的一座堤坝上。沿着堤坝站着几队人，每队 10 ～ 12 个人不等。他们穿着蓝白条纹的套装，戴着同样风格的帽子。许多党卫队队员来来回回地走，像是在进行一项看不懂的活动。

　　火车一停稳，那些仿佛在参加化装舞会的人就冲向车厢，拉开车门。"把行李扔出来，全扔到车厢前面。"里面的人吓得不轻，因为他们知道，这下子他们将失去所有。他们迅速往衣服里面塞东西，企图留下来一些最紧要的。可是那些人已经冲进了车厢，连行李带人一起往外扔。他们就那样踌躇在外面，却也不敢踌躇太久。党卫队队员从四面八方向他们涌来，推搡着将他们带到一条和火车平行的路上。有人走得慢，他们就踢一脚，或是用棍子打一下，这样所有人都可以在最短的时间内排成一排排长队。

直到那时,汉斯才彻底明白:他们两个要分离了。男人和女人是要被分开的。他赶快亲了弗里德尔一口,说了一声"再见",就这样匆匆分别。队伍前面站着一名军官,手里拿着一根棍子,人们缓缓前行。每当有人走到他面前,军官就迅速地扫一眼,然后用棍子指着:"去左边,去右边。"去左边的都是老头、残疾人和大概还不到18岁的男孩;去右边的则是年轻人和体力尚佳的人。

汉斯走到了军官面前,但是并没有留意。他的目光一直锁在弗里德尔身上,她站在几米之外的另一条队伍里等待着。她对他微笑,仿佛在说:放心吧,一切都会好起来的。

汉斯没有听到军官——其实是一名医生——问他的年龄。医生没有得到答复,烦躁起来,就用力敲了汉斯一棍,汉斯马上逃到左边去了。

他站在一群可怜人中间:除了老头子们,他身旁是一个盲人,另一边是一个看起来智商有点低的男孩。汉斯咬着嘴唇,试图克服心中的恐惧。他不想和这些老幼病残一个下场,因为他知道,只有健壮的人才有活下来的机会。但是现在已经没法再跑到另一边去了,到处都是端着枪时刻准备着的党卫队哨兵。

弗里德尔去了年轻女人的那一队。年纪大的女人和所有带孩子的女人单独站成了一排。如此,一共分成了四排。约莫着有150个年轻女人,年轻男人的数量也差不多。另外的700个人站在路旁成为一队。

那个军官医生走了过来，问他们之中有没有医生。四个男人站了出来。医生把脸转向范德库斯——一名阿姆斯特丹的老家庭医生，问道："荷兰的营里都有什么病？"

范德库斯迟疑了一下，说了一些关于眼病的事。医生烦躁起来，把头转了过去。

汉斯感觉机会来了："您想问的应该是传染病吧，出现了几个零散的猩红热病人，不过没有传染特征。"

"有人得斑疹伤寒吗？"

"没有，一例都没有。"

"好，都归队吧。"说完，他看向自己的副官，"这几个我们带走。"

副官向汉斯招了招手，把他带到年轻人那一队的末尾。汉斯感觉到自己虎口脱险了。事实也正如他所料：与此同时来了几辆卡车，把年纪大的男人和女人们都装了上去。

他这才第一次看到了党卫队的真正嘴脸。卡车那么高，那些被推搡、被踢打的人，很多人都爬不上去。但是不断落下来的棍棒让每个人不得不使出平生最大的气力。

一个老太太头上挨了一棍，血流不止。还有几个人实在是爬不上去，也落在了后面。每个跑过去想要帮他们一把的人，都会被连踢带吼地赶走。

最后一辆车开过来了。两个党卫队队员抓着一个可怜的老头的胳膊和腿，把他抛了上去。紧接着女人们的队伍也开始移动起来。他已经看不见弗里德尔的影子，但他知道她也在跟着队伍走。等到女人们走出了几百米以后，男人们也开始移动。

这些队伍都有人严防死守。两边都是哨兵，随时准备开枪。大概每十个囚犯就有一个哨兵看着。汉斯走在队伍的最后，能够看见他左边和右边的哨兵如何相互交换信号。他们环顾了下四周，然后左边的哨兵走向汉斯，跟他要他的手表。那只表很漂亮，上面还有一个精密计时表，那是他参加医师考试时他妈妈送给他的。

"我工作需要用这个，我是医生。"

哨兵咧开嘴笑了一下："狗屁。医生，你就是条狗！把那只表交出来！"那人抓过他的胳膊，想把表撸下来。汉斯挣扎了一下。"好哇，企图逃跑？"那人边说着，边把枪端了起来。

汉斯明白自己现在的处境多么被动。他不想到奥斯维辛的第一天就"逃跑不成反被射杀"，于是他把表递了上去。

跨过铁轨的时候，他在转弯处看到了弗里德尔。她挥了挥手，他这才松了一口气。过了铁轨之后他们越过了一根横杆，还带着岗亭。现在他们才算真的踏上了集中营的领地。这是建筑材料的储存场，棚子里堆着大堆的木头和砖头。有靠手动才能行走的小火车，还有靠人拉着的运货车。路边到处是大楼、工厂，里面传来发动机的轰鸣声。然后又是木头、砖头和棚子。有一架吊车，用来吊起水泥罐。到处都是在干活的人。除了吊车和小火车，见到的更多是穿着囚服的人。这里可没有什么机械化，工作都是靠成千上万双手完成的。

蒸汽很实用；电力效率高，可以覆盖几百公里；汽油又快劲又足。但是人便宜。你从他们饥饿的眼神里可以看出来，他们裸露的上半身根根分明的肋骨就好像绳子一样，把整个躯体缠连在一起；从那些拉着石头的人的身上也可以看出来，他们穿着木鞋，有的甚至光着脚向前挪动着。他们就这样向前走，都不会抬头或是向四周看一眼，脸上也没有任何表情，看见新来的人也没有反应。时不时开过来一辆拖拉机，后面拉着装满石头的车皮。发动机缓慢地蹦着：燃油发动机无疑。汉斯想起从前的那些夜晚，他躺在自己的船上，货船从身边驶过的情景。

那时候的生活是多么充满希望啊！他振作了起来。他觉得自己现在不该担心害怕，而是要抗争。或许以前的生活还会回来呢。

他们站在大门口，第一次看到了集中营的真面目。都是巨大的砖房，就像军营一样。大概有 25 座楼，两层的，还有屋顶和小小的阁楼窗户。大楼之间的道路维护得很好。人行道上铺了干净的地砖，还有小块的草坪。到处都刷了漂亮的油漆，在明媚的秋日之中闪耀着，显得无比清晰。

这里看起来简直是一座模范村庄。营里的几千名工人从事着出色而有用的工作。大门上方是用铁浇铸的集中营的口号："劳动带来自由"，一句充满暗示和危险的口号。这种暗示，让进来这里的无数人平静了下来。这里，还有德国其他地方，都有很多这样的大门。

但这只不过是一个幻觉罢了。这座大门上的"劳动带来自由"要是换成"进此门者，万念俱灭"，就和地狱的大门别无二致了。

因为集中营的周围架满了高压电网，有两排混凝土的桅杆，三米高，整齐地刷成白色。绝缘体上装着铁丝网，铁丝看起来非常坚韧，难以穿越。不过人们肉眼看不到的才是更可怕的：3000伏的高压！只有各处亮起的小红灯，告诉你这是通了电的。每隔十米，就挂着一个画着骷髅头的牌子，上面用德语和波兰语写着：站住！

光有电网挡着，没有子弹做二重防护还是不够的。所以每隔100米就建了一座塔楼，上面站着一名端着机枪的党卫队队员。

你是无法从这里逃出去的，除非有奇迹发生。每个被关在营里的人都这么说，因为他们一旦进入电网的这一侧，守卫就松了很多，党卫队队员也常常把一些自己的任务交给囚犯来做。虽然同是囚犯，但是他们看起来和外面那上千个在干活的人明显不一样——穿着条纹清楚并且合身的亚麻套装，穿着经常近乎优雅，戴着黑帽子，穿着长靴。他们的左臂上套着一个红袖章，上面有个编号。

他们是楼长，是各楼的头头，处理所在楼的所有事务，并有文员协助，管理人口，分发食物。他们肯定不属于吃得最少的，这从他们满月一样圆润的脸上就能看出来。能当上楼长的都是波兰人和德意志帝国的人，不过也还有几个荷兰人。楼长和党卫队把他们远远地拦下来了，因为新来的人身上还有些值钱的物件儿。不过还是有几个荷兰人会想办法上前，向他们索要手表和香烟，反正这些东西他们最终都会失去的。可是大部分人还心存幻想，仍然把东西揣在口袋里。汉斯给了一个荷兰人一包烟，却被一名党卫队队员撞见了，被打了一巴掌。那个荷兰人却提前预料到了会发生这一幕，已经跑了。

他们面前站着一个男人，个子很小，但是肌肉发达。人们显然很敬畏他。

"那个，小伙子们，你们是什么时候从韦斯特博克出发的？"

"三天前。"

"有什么新鲜事吗？"

"你们已经知道登陆意大利的事了吧？"

"那还用说，我们看报纸的。荷兰现在怎么样？"

比起回答这个问题，他们更想先听听奥斯维辛是怎么样的，他们的未来是怎么样的。

"您是？"其中一个新人问道。

"雷恩·桑德斯，拳击手。我在这儿已经一年了。"

新人们稍微平复了下心情。也就是说，这里是能生活的。

"您那一批来的人里面还有很多人在这儿吗？"汉斯狐疑地问道。

"在这里，你不要问太多，早晚都会经历，"拳击手说，"多听，多看，别说话。"

"但您看起来状态还不错。"

雷恩睿智地笑道："要不说我是拳击手呢。"

"我们在这里要做什么啊？"

"你们会被分进工作小队，去外面干活。"

汉斯的眼前浮现出了那些人，那些在外面一排排走着的"工作机器"，那些石头和水泥，那些毫无表情的面孔，那些毫无生气的眼睛，还有那些消瘦的身躯。

"上了卡车的那些老人，他们会怎样？"

"你从来不听英国广播吗？"雷恩问道。

"听啊。"

"那你就应该都知道了。"

汉斯一切都明白了。他想起弗里德尔，她的队伍从他眼前消失。他想起他的妈妈、他的哥哥，以及他见过的所有去往奥斯维辛的人。他想起他的学习生涯、他的从医经历、他的理想。他再次想起弗里德尔，以及他们对未来的规划。只有相信自己时日无多的人，才会想起这些吧。

尽管如此，他还不完全相信，他仍心存侥幸。或许，或许他就走运呢。他是名医生——唉，算了，他不敢期望过多，但是希望总是要有的，对嘛。他不相信自己就会死在这里，但是他也不再相信他会活下来。

"快点！"一声吼叫把他带回了现实。他们走在拉格尔街上，从监区之间穿过。这里走过的人很多，有几个监区门上的玻璃窗上写着：

监区医院

内部部门

禁止进入

门前坐着穿白大褂的人，他们看起来很体面，外套的背部有一条红杠，裤缝那里也有，他们无疑就是医生了。他们基本不怎么看新来的人，但是汉斯察觉，他们的那种不感兴趣，和在外面的那上千个人的不感兴趣，原因并不一样。那些劳动奴隶身上是

19

疲惫，那种让人万念俱灰的深深的挫败感。这些看起来很体面的人身上则是一种傲气，他们毕竟是营里的红人，这些新来的人算什么？谁都可以辱骂、嘲笑。

就这样，他们到了26号楼。这个楼有个名字叫"财物室"。雷恩告诉他们，每个"囚犯"的所有"财物"，包括衣服和其他有价值的物品之类的都会在这保管。窗前挂着几长排纸袋子，袋子里分别装着每个人的财物。如果他们离开营地，可以拿回自己所有的东西。

衣服是不会被保管的，犹太人也绝不会从这里出去。他们没有进入诉讼程序，没有被刑事处罚，所以也不会被刑满释放。

没错，在26号楼和27号楼中间，每个人都要把衣服脱掉。所有的衣服，以及里面的东西，都被装在一辆火车上，只有皮带和手绢他们可以留着。汉斯还想私留几件医疗工具，但马上就被发现了。一个精瘦的男人，左臂上戴着"营地理发师"袖章，检查着每个人，一旦有人私藏物品，不但要再次上缴，还会额外获得一巴掌的奖励。汉斯问他可不可以留下几件工具，那人咧嘴一笑，便把汉斯口袋里所有东西都掏了出来。

所有人都站好了，现在他们一无所有。这一过程看起来缓慢，但也终究到了这一步。公共安全总署署长拉特的犹太事务代表施密特曾经说过："犹太人将赤条条地回到他们原来的国家去，就像他们当初赤条条地来到这里一样。"

施密特没提犹太人是什么时候来的，那是 16、17 世纪，而且他们也不是赤条条地来的，被从那些国家赶出来的时候，他们通常是带着大量财宝的。而且他也没提到荷兰犹太人的历史权利，那权利可是当时遵照威廉一世的指示赋予他们的。

但是他怎么能说起荷兰自由英雄的这件功绩呢！人们怎么可能指望从这些压迫者眼中的英雄，这些没有为祖国祈祷、英勇就义，而是仓皇逃走以求保命的人口中听到这些呢。

汉斯用这个想法来安慰自己。诚然，他的处境并不乐观，但起码，他的命运只是悲伤而已，但他们的命运已经注定是失败，而他们所追求的胜利最后也仅剩下一个：击败犹太人。

荷兰犹太人缓慢却无可挽回地一步步沦陷：

1940 年，解除所有犹太人的公职。

1941 年，禁止从事自由行业，禁止使用公共交通工具，禁止拥有商店、剧院、公园、运动物品和生活清洁用品；将资产限制为 1 万荷兰盾，后来缩减为 250 荷兰盾。

1942 年，开始驱逐，连生存本身都被禁止了。

很缓慢，是因为那时恐怖在荷兰其他地方还没有蔓延开来，荷兰人本不用承受"他们自己的"犹太人会灭绝的后果。

现在他们一丝不挂地站在太阳底下，阳光已经在他们身上炙烤了好几个小时了。与此同时，把他们变成"囚犯"的所有程序都已经就绪。

一条长椅后面站了六个理发师，正在把这些"囚犯"的头发剃光，体毛剃净。他们也不问问"先生要不要擦点粉，抹点乳液"，动作粗暴。这么热的下午还要干这么多活就已经让他们很烦躁了，他们用已经钝掉的刀片，与其说是剃头，还不如说是将头发生生撕扯下来。要是谁没有转身或者转动配合他们修理毛发，就会被推搡，有时还会被殴打。剃完了的人，理发师会给他一张纸条，上面写着一个编号，再拿着这张纸去找文身师，汉斯的编号是150822。

当那个号码被刺在胳膊上时，汉斯只是轻蔑地笑了一下。现在他已经不是范达姆医生了，现在他是囚犯150822。他也不在乎，如果能让他再次变回范达姆医生就行，如果……

那个在他脑海里像泥球一样滚来滚去的思绪再次浮现。思绪就像疯狂转动的留声机一样，吵得他失去了所有力气。不知谁在他背上打了一拳，他回过神来。

他们大概50个人一起进了财物室，那里有浴室。许多个喷头挨在一起，每三个人挤在一个喷头下，喷头上洒下一点温水，用来冲净夏天的热汗和一身灰尘的话太冷，用来提神的话又太热。跟着进来一个戴着大橡胶手套的人，在他们的腋窝和私处抹一把刺鼻的消毒剂。

像闪光灯这样咔嚓一冲，他们就算"干净"了。这和我们荷兰语里说的"干净"可不是一回事。他们身上半干不湿的，还沾着汗和消毒剂。由于脱毛时候的刮擦，皮肤隐隐灼痛，但起码身上没有虱子和跳蚤了。

从那么一大堆衣服里面找到一件合身的还真不是件易事。如果你从烈日下走进来"更衣室"，也就是27号楼的别名，走廊尤其昏暗，你压根不知道该拿什么。你被推搡着，他们对你吼叫着，如果吼叫还不够的话，就直接动手，直到你把衣服找齐为止。一件衬衫、一条麻布裤子、一件外套、一顶帽子和一双木鞋或者凉鞋。一下子你也找不到合适的尺码，所以人们穿着囚服看起来就跟小丑一样。

这个人半条腿是光着的，那个人的裤子长得绊脚；这个人的外套缺条袖子，那个人又不得不把袖子卷起来。但所有的衣服都有共同点：都很脏，并且打了补丁。这些衣服不过是把蓝白色的布条拼在一块罢了。

很快，人们又在楼前站好了。此时已是傍晚，但是营地仍然被这夏末的暑气深深笼罩着。人们饥渴交加，却不敢开口问。

他们在比尔肯大道上又等了一个小时。那是条从楼群后面经过的街道，人们坐在路肩上或是草坪旁边的长椅上，或者直接就席地而躺。疲惫，尤其是他们感受到的扑面而来的苦难，让他们动弹不得。

街上支起了几张桌子，人们在那里注册。所有能想到的个人信息和其他信息都被记录了下来：职业、其他才能，更主要是疾病，像肺结核、性病什么的；当然还有那些"国籍是什么""祖上有几个犹太人"人们已经不再陌生的问题。

汉斯和一个叫艾力·珀拉克的同行聊了起来。艾力已经崩溃了，卡车停在火车边上的时候他看到了他的妻子，她昏倒了，被扔上了卡车，他们的孩子紧随其后。

"我后来再也没看见她。"

汉斯感觉自己没心情安慰他，他装不出来。"那可不一定。"他说道，但是听起来并没什么底气。

"你听说比克瑙那边情况怎样了吗？"

"比克瑙是什么？"汉斯问道。

"比克瑙是个巨大的集中营，"艾力答道，"它是整个奥斯维辛集中营的一部分。到了那边，所有老人和小孩都被带到一个大房间去了，说是要给他们沐浴，事实上是用毒气把他们毒死，之后再把尸体烧毁。"

"不过肯定不是所有人都会那样的。"汉斯逼着自己安慰他。

这时汤送来了。三大桶，每个人可以领一升。人们排成了一条长队，排在最前面的人帮着分发。他们用金属做的碗喝汤，碗坑坑洼洼的，搪瓷也都脱落了，数量也不够，所以每个碗里装两升，你得找个人分着喝；还有勺子，大概就20把，没拿到勺子的就只能直接就着碗喝，这倒也没什么难的，那汤本来就很稀。汤桶里漂着一些硬邦邦的东西，大家讨论着这到底是山毛榉还是榆树叶，不过这都不重要。大多数人都吃得挺饱，是灌了一肚子热水还是食物，也没什么区别。

突然，有人过来催促他们："快点，马上就点名了！"他们尽可能地赶快把那烫嘴的汤吸溜进去，就被带到一个建在两个监区之间的大木棚里去了。那是个洗衣房，一半是用来洗衣服的大锅炉，另一半是浴室。汉斯数了一下，144个喷头。旁边还有长椅，人们可以在那儿脱衣服。

他们坐在长椅上等着。据说，点完名以后，他们会被带出去，去布纳。通知这条消息的管理员被各种问题包围着："布纳是什么？""那边好吗？""那边也喝这样的汤吗？"他说那地方很好，你得在一个工厂里做合成橡胶，吃得不错，因为你相当于给工业公司打工。那人精明地笑着。

汉斯发现了一个比利时人。"你在这里已经很久了吗？"

"一年了。"

"这地方人能受得了吗？"

"有时候吧，要是你运气好，分到了不错的工作小队的话。"

"什么样的小队算不错？"

"比如洗衣房、医院什么的，白天在营地的活也都还不错，生活用品公司也还行，不过犹太人基本没机会进去。"

"我是医生，那我能进医院吗？"

"你报到的时候没说自己是医生吗？"

"说了，但是他们没要我。女人们都去哪儿了？"

"这批来的女人已经进了营地了。这边有个女子楼，她们在那边做各种实验。"汉斯的心停跳了一拍，弗里德尔在这个营。做实验！这是什么意思？

他跟那个比利时人说了弗里德尔的事，并问他能否给她捎个口信，他就要去布纳了。比利时人说捎口信相当困难，因为靠近女子楼是很危险的。这时候进来了一个党卫队队员，人们全都弹起来，就好像统一练过似的。他问了那个让汉斯心心念念的问题：

"你们里面有医生吗？"

三个人跨上前来：汉斯、艾力·珀拉克和一个他们不认识的年轻人。

党卫队队员问他们都从业多久了。年轻人原来是个实习医生，艾力当过八年的家庭医生，党卫队队员让艾力归队，对他说："你跟他们去布纳。"说完便带着汉斯和实习医生走了。

他们横穿过营地，走过一栋栋楼，到了 28 号楼，在走廊里等着。这是一条长长的混凝土走廊，墙面刷成白色，两边都是门，门上挂着：流动医院、办公室、手术室、耳鼻喉科室、X 光室，还有很多别的牌子。走廊的中间是一个水泥楼梯，通往二楼。

几分钟后，来了一个穿白大褂的人，把他们带到走廊深处。毛玻璃门上写着"住院部"，这是一个大房间，基本上像一个大厅那么大，只有一半地方摆了床位，另一半摆了几张长凳，一个体重秤和一张大桌子，桌上堆满了书和纸。每个被医院接收的人都要在这里注册，不管是病人还是工作人员。

一个又矮又胖的波兰人接待了他们，他吼道为什么他们看着这么脏，然后让他们全都脱光，指给他们一张床。这床有三层，汉斯光着身子躺在上铺，盖着两层薄薄的床单。他试图让自己尽可能地卷进床单，因为稻草铺上的草扎得慌。他刚躺下，就进来了一个人，爬上他自己的床，他大概 30 岁，圆脸，戴眼镜，眼镜很任性地挂在鼻子上。

"你叫什么？"那人问道，"你是医生吗？"

"是。我叫范达姆，你呢？"

"我叫德红德[1]，我已经在这儿三个星期了。上周我就在营地医生那边，那边接收了我，现在我在护士备选名单上。"

"你在哪儿上的学？"汉斯问道。

"在乌德勒支，我学儿科临床的。"

"你现在做什么工作？"

"什么都做。他们每天给你安排各种杂活，你到时候就知道了。挺恶心的工作，跟尸体打交道什么的。你没有衣服吗？"

汉斯还真没有，这得明天才能再想办法了，德红德会帮他。

"你知道这边的女子楼吗？"

"知道啊，"德红德回答，他明显神情紧张，"那是10号楼，我妻子也在那儿，她也是医生，三周前她到的10号楼。"

听到营区里有荷兰医生，汉斯还挺高兴的。他说了弗里德尔的事，说她也去了10号楼。

"嗨，"德红德说，"看看她在那能做些什么吧。"

"什么意思？"

"萨缪，在那工作的一个教授，跟我保证说他不会拿我妻子来

1　De Hond 在荷兰语中，本身是"狗"的意思。不过后来也被人拿来做姓氏。就像中国姓牛、苟一样，在读音上会有一种谐音效果。这里保持音译。

做实验，因为她是医生，或许他想帮做医生的妻子一把。"

"他们会对这些女人做什么？"

"那你得自己问萨缪了，他每天都过来。"

"我能见到我妻子吗？"

"很难。他们要是抓住了你，那你就倒霉了，得坐牢，要是能用一个 25 就了结，你就算是走运了。"

"什么意思，25？"

"哦，就是他们给你上的刑。屁股上打 25 棍。"

汉斯微笑了下。他倒不是很怕这个，不被人发现就好了嘛。况且，为了能见弗里德尔一面，付出任何代价他也在所不惜。德红德答应他第二天晚上带他一起去。然后就九点钟了，熄灯。

不过房间里并不暗。28 号楼是这一排的最后一座楼，住院部在电网这头，沿着电网的灯亮了起来，每隔一根混凝土柱子，就有一盏很亮的灯，所有靠近电网的东西都被照得一清二楚。

一排排的照明灯，中间夹杂着红色的指示灯，这景象很是壮观。灯光照进了房间，照在躺在住院部等待第二天见营地医生的病人身上。

汉斯不想再看到这灯光，这让他感到害怕。他闭上眼睛，但却忍不住不停地看，仿佛是在逼迫自己接受这个残酷的现实。他紧张起来，辗转反侧，但是灯光一直跟随着他。他把床单蒙在脸上,但还是躲不开那灯光。灯光穿透了一切。没有别的办法了：他可是在集中营。不论你是把头转向一边，还是蜷缩进床单里，这个念头都在那里。不管你尝试想些别的什么，这个想法都超越一切，就像那电网上的灯光一样，不管你看向哪里，它都会跟着你。

汉斯哭了。不是那种小孩子没有得到自己想要的东西时的号哭，这是一种有感而发的无声哭泣。他的内心没有波涛汹涌，他只是单纯地感觉到悲伤满溢，化成眼泪蔓延开来。

不过好在他很累，累极了。他不再擦去眼泪，也渐渐感觉不到自己在哭，他的意识慢慢地消失了。

在集中营里，每个人每天都会有几个小时是幸福的。灯熄了，电断了，电网被切断了。这样他们的灵魂就可以从疲惫不堪的身躯里释放出来。夜晚，囚犯们进入一座王国，那里没有党卫队，没有楼长，也没有囚监。那里只有一个统治者：伟大的愿望；那里只有一项法律：自由。

生活是一个循环，由两个时段组成：晨钟到晚钟，以及晚钟到晨钟。晨钟一响，感官苏醒过来，和灵魂交织在一起：天堂时刻结束了。

晨钟响了半个小时之后，第一批病人来了。汉斯从床上可以看到整群人。

人们在外面脱掉衣服，将衣服捆在一起，要把外套上的编号露出来，然后光着走进大楼。他们在浴室洗澡，编号写在他们胸口，这样营地医生可以很快看到他要给谁看病。

人们从浴室回到住院部，注册，然后等待。大概有 60 个人。七点钟，所有人都洗好澡，注册好了，但是营地医生十点钟才上班。就算如此，也没人觉得无聊。大多数人都因为可以一天不用干活而沾沾自喜。有些人则是病得太厉害，无暇顾及无聊不无聊了。他们得以坐在为数不多的几张凳子上，此外也没人搭理他们。有些人发烧或者哪里疼痛，但是没人帮得了他们。他们必须先看营地医生，在这之前谁也不能给他们拿药什么的。

九点半，汉斯和范里尔——那个实习医生要起床。他们也得去见一下营地医生。用这种面貌出现在未来的上司面前有点诡异，不过反过来想，穿那件脏衣服去自我介绍还不如光着呢。走廊里有人开始喊：“看病的可以进了！”

先进去的是德意志帝国的人。他们虽然也是囚犯，但在这个大多数是波兰人和犹太人的营里还是有一定特殊地位的。德国人之后是波兰人和其他的“雅利安人”，最后才轮到犹太人。

人们穿过走廊，小跑着跟着前面的人进入流动医院。这里看起来还不错，屋子中间半米高处挂着一根金属杆子，病人都要待在这后面；护士站在杆子另一边，身后是张大桌子，上面摆放着包扎伤口之类的东西。

玻璃墙后面有一张办公桌，桌边坐着文员，把所有来过流动医院的人写在信息。他一般会不定时出现在营卡上。

现在没有病人，没有护士，只有营地医生和一个党卫队队员，即党卫队下级小队队长；还有两个波兰囚犯——一个是波兰的营长[1]，囚犯医生的头儿，另一个是住院医师。这两个波兰人前一天晚上已经把需要党卫队医生看病的人检查过了，现在要把他们的情况和营地医生讲解一下。

所谓讲解，和身体状况没什么关系，也没有陈述，无须讨论，更用不上检查。快点，再快点，党卫队上级突击队队长可没有时间，从来都没有时间。念一下卡片上的诊断，扫一眼病人，答案就有了：住院或者免除劳动。后者，病人可以几天不用工作，但是

---

1 这里的营长也是囚犯，可以对他的下属囚犯进行“纪律处分”。

还是要待在营区。符合这类情况的主要是不需要住院，但是还无法工作的人，比如手指受伤或者腿上生疮的。

但是犹太裔的病人多半需要住院，因为他们的总体状况都非常差。他们一般都被分进最辛苦的劳动小队，外面没人给他们寄包裹，楼里面放饭的时候，他们的食物也大多被楼长据为己有。

住院，住院，免除劳动，住院。短短几分钟，整个一排都交代完了，最后，剩下汉斯和范里尔站在那里。

"这俩是医生，昨天送过来的。"波兰医生说。

营地医生点了点头："分配下去吧！"

然后就结束了。两人回到了住院部，又得去床上躺着了。汉斯很高兴，这起码是一个机会，医院里的生活和外面的建筑工地肯定很不一样。被接收住院的病人被护士带去外科、内科和传染病科几个不同的病区，其他人去外面穿上衣服，免除劳动的可以拿一张请假条回去给文员。

德红德来接汉斯和范里尔，他们走了出去。

外面还有被接收住院的人之前脱下来的衣服，几个护士正在拆包裹，把值钱的东西从兜里掏出来，看着还不错的衣服被扔在一边，剩下的就扔到一个小车上，他们可以从车里找找看。

没一会儿工夫，他们也换上了还算能穿的衣服。竟然还捞着了一双皮鞋，虽然破烂不堪，但是走起路来比木头凉鞋舒服多了。

不过他们现在有了衣服，就得开始干活了。很快，就有人让他们先把这车衣服送到消毒室去。

消毒室的囚监站在门口，他是这个小木屋里工作的 12 个人的绝对领导。这两个新人到达的时候，他嘲讽般地鞠了个躬。

"两位大人，请问来自何方啊？"

范里尔礼貌地回答："我们从荷兰来，先生。"

囚监笑道："那你们很快就会死了。荷兰人到这边几周之内就全都玩完了，你们的身子太金贵了，没法工作。"

汉斯耸了耸肩，仿佛想说：我们走着瞧。

这时，大蒸汽炉打开了，滚出来一辆装着消过毒的东西的车。

"赶紧的，卸货吧。"

他们把东西卸下来，很烫，特别烫，这些衣服的温度和开水一样。水蒸气从各个角落散发出来，灼烫着他们的手。他们在沸腾的空气中无法呼吸，一瞬间汗水就开始往下滴。

但是囚监不断地催促着，一旦他们想停下来缓口气，就马上被推一巴掌，囚监咆哮着："快点，蠢货！"

所有的衣服都从锅炉里拣出来了，正当汉斯晕乎乎地在房前喘气的时候，有人友善地拍了一下他的肩膀。是一个波兰犹太人，也在消毒室工作。

"我们囚监是个好人，是不是？"

汉斯不解地看着他。

"你看，他和你们开着玩笑，但是你不知道营地到底意味着什么。"

"你在这儿很久了吗？"

波兰人指了指自己胸口的编号：62，后面还有三个什么数字。"我在这里已经一年半了，度过了最艰苦的时期。现在这里就跟疗养院似的。打人不像以前那么频繁了，如果你不是朝圣者的话，你就没有危险。"

"你说什么，什么朝圣者？"

"啊，你还真是个新人。你有没有听说过那些去麦加朝圣的人，骨瘦如柴，筋疲力尽，看着就和甘地似的？我们把瘦弱成那样的人叫朝圣者。"

汉斯明白了。"他们会怎样？"

"他们已经干不了活了，要被送到火葬场，和以前情况不一样。我在比克瑙干过活，那时候，如果分了小队，假如囚监带着'270个铺路工人'来报到，党卫队队员说'多了40个'，那他们就要保证那天得有40个人被处死。晚上我们回来的时候，闻到的就是白天多出来的那些人的烤肉味。那时候没人问他们是不是朝圣者，好几千人就这么丢了性命。如果有人侥幸逃过了，则会有另外一种死法。打个比方，早上八公里过去，晚上八公里回来。一整天都在水里挖碎石头，有时候水没过脚脖子，有时候直接没过腰，快入冬那时候我们经常回去的时候衣服都冻成钢板了。还有就是打！你别以为可以偷偷倚在铁锹上休息一分钟，马上就有党卫队队员过来，他们知道怎么收拾你。你看。"

说着他把腿露出来，一大块伤疤，还有左手的两根指头已经没了。"那是一顿痛打，我朋友干活的时候抽了根烟，我问他能不能给我抽一口。就在他准备把烟递给我的时候，哨兵过来了。他用步枪的枪托打我，我挡了一下，手夹在了枪托和墙中间，第二下是冲着我朋友去的。我们晚上是拖着昏迷不醒的他回的营。本来他或许还有救，但是那天晚上点名点了很久，足足三个小时，这期间他就只能躺着。"

"为什么没人帮他？"

"因为点名嘛，人数必须对得上。不管你当时什么惨状，都得被算进去。"

雅克，这个波兰犹太人，看着左手的几根断指，不再作声。汉斯环顾四周，忽然吓了一跳。消毒室的斜对面有一座楼，窗户上钉着铁丝网，他看到铁丝网的后面有女人的身影。没错，那上面写着10号楼。那就是女子楼了。

雅克看到了他的惊讶。"你站那儿看什么呢？"

汉斯支吾道："我妻子应该在那里。"

雅克惊喜地问道："你妻子是昨天过来的？那就是了，兄弟，你可真是个幸运儿。"

"我能见她吗？"

"晚上吧。有风险，但是你总得付出点代价。"

这时候，和他们一起来送衣服的护士走过来了。

"该回去了。"

一天到晚忙的都是没用的事。总有一张床上落了一根稻草。总有一扇窗子上有一块污点，那就找点破纸来擦一擦。挺无聊的，但是汉斯也不抱怨。他再次想起外面的工作机器，想起自己，每当毫发无损地度过一天，就离终点更近了一天。

汉斯想起了卡尔克，一个来自海牙的医生，他也是这么说的。他见过他，他是自家亲戚的家庭医生。他现在在 21 号楼工作，外科医生楼。他之前过来打听了一下新来的荷兰人都是些什么人。"小伙子们，"他对汉斯和范里尔说，"你们一进来就会感觉到这里给你们的当头一棒。我们也没想到会这样。"

"您在这里多久了？"

"我来了三个礼拜了。前两个礼拜我在住院部这边，后来被派去了 21 号楼。"

"您帮他们做外科手术吗？"

卡尔克迸发出一阵笑声："是啊，先对厕所的结构进行了深入的解剖研究，然后我就可以开始打扫了。你可不知道那活多复杂多有意思。每天你要擦四次地板，每隔一天用沙子洗一次马桶。

我打扫过的厕所简直令人赏心悦目。我负责两个厕所：一个给病人用，一共12个马桶，分两排放；还有一排六个马桶的，给工作人员。小厕所里还有一个专属角落，给重要人士，比如楼长和营长，据说还有营地医生，不过我还没见过。他每天也就在营里待半个小时，这么点时间他还是憋得住的。他要是和囚犯们共用一个厕所，那才奇怪了呢。"

汉斯喜欢卡尔克欢快的语气，继续问道："您能吃饱吗？"

"现在还行。喝汤的时候可以再领一轮，我能喝一升半。要是你正式被分配了，每周两次可以多分点面包。"

"您现在在这儿具体能分到多少吃的呢？"范里尔问道。

"每天能有一升的汤和一份面包，每周可以分到两次40克的人造黄油，有两次可以分一勺果酱，还有两次可以分到一片40克的香肠。不过别想得那么好，黄油只有15%的脂肪，其他都是合成剂，香肠也只有一半是湿漉漉的马肉做的。"

"这些加在一起能有多少营养成分，多少卡路里啊？"

"我粗略地估算了下，"卡尔克说，"汤没有多少热量，一升也就150～200千卡吧。所有加一起，每天大概能吃下去1500千卡。这肯定是不够的。光待着，身体就需要消耗1600千卡热量。所以就能明白，一个在这要卖力干活的人，很快就瘦成朝圣者了。"

"但你看那些护士，他们看着都挺好的。"汉斯反驳道。

"没错。不过首先他们大多是波兰人，能收到包裹；其次他们一般都是大组织者，或者换个词，小偷。这么和你说你可能还不能马上明白，观察几个星期就知道了。护士负责发汤。病人拿到的是上面的稀汤，汤里面的土豆和豆角什么的，都被护士自己留下了。"

这时，进来了一个高个子男人。他年纪挺大了，绝对超过了60岁。他走路有点驼背，鼻子上架着个很老气的长柄眼镜。

德红德跳了起来："教授下午好。"

汉斯知道了，这就是萨缪教授。他做了自我介绍，等着看对话怎么进行。都是些标准问题：什么时候来的、政治新闻什么的。汉斯讲了他来奥斯维辛一路上和进来之后的事，还特意强调了一下弗里德尔。

教授心领神会。"确实，我已经和几个新来的荷兰女人说过话了。范达姆这个名字我没印象。您可以去窗户边和她亲自说话，不过要小心。我会和您妻子问个好的。"

汉斯想问教授能不能帮他捎个纸条，但是他忍住了。他还有更重要的事情想问。

"您经常去女子楼吗？"

"每天都去，我在那儿工作。"

汉斯假装自己不知内情。"您是那些女人的主治医生吗？"

"完全是，我有几项任务要完成。那里的女人准确来说算是学习材料。"

"对她们来说岂不是挺不好的？"

教授辩解道："不太美好的实验肯定是有的，有的可能还会对妇女身体有伤害，但是我的工作跟那个完全不是一回事。我成功地引起了党卫队对子宫的形成这个研究的兴趣。所以我可以用很多女人来做实验，如此一来，她们就不用参加那些其他的不好的实验了。"

汉斯若有所悟地点点头。这位教授到底有没有这么好心，他还保持怀疑态度，但是他不想表现出来，他毕竟还有求于他。

"您自己评判吧，"萨缪补充了一句，"我从我的女实验者的宫颈里取一块黏膜。然后用显微镜观察样本。我们在一定比例的女性身上发现了某些组织异常。她们的细胞构造和一般的女性相比有很大差异。我相信这些细胞以后会变成癌细胞，希望能用这个方式找到肿瘤生长的原因。"

从教授所说的来看，这些实验对女人们并没有很大的伤害。不过汉斯不懂这一切有什么特别的意义。日本的研究人员曾经用焦油产品擦拭小白鼠的皮肤，并准确追踪了它们的组织变化。实验的结果是人工制造了癌症。所以焦油里含有致癌物，就是让人得癌症的物质。顺便一提，这一点医生也从日常经验里差不多总结出来了：经常抽烟袋的人更容易得唇舌方面的癌症。以前人们以为那是吮吸造成的，但现在人们已经知道，烟管里的焦油才是癌症形成的原因。

其实，汉斯觉得，在任何条件下，违背人们的意愿对他们进行活检都是违法的，这个和实验是否有用无关。不过他无法评价，因为他对事实还不够了解，而且他的心思也不在这些事上。"新来的荷兰女人们也要被做实验吗？"

"毫无疑问，"萨缪答道，"不过我倒是可以帮帮您的妻子。我可以把她放在我的名单上，这样她就不会落在别人手里，我尽可能不去动她。"

汉斯谢过了教授。他稍微松了口气。当然，他不知道这句承诺有多少价值，但是这起码比什么都没有要好。弗里德尔暂时安全了。

谈话间已经到了晚上，电网上的灯亮起来了。

指挥官过来了，是一个胖胖的护士。他对着汉斯和范里尔两个新人喊道："去运尸队。"

德红德咧嘴笑了下："这可是份美差，卷起袖子收拾烂摊子去吧。"

他们出去了。外面停了一辆大的平板货车，运尸工从地下室把尸体抬了上来，一个架子上放两具。一次抬两个一点也不困难，他们活着的时候就已经残破不堪，瘦得皮包骨，和骷髅差不多了。

他们抓着尸体的胳膊和腿，把一具具尸体扔进铺着锌的卡车里，从尸体上滴下来的水湿润了金属表面，尸体便这样滑进了货斗里。然后汉斯和范里尔要赶快跳到一旁，以免尸体碰到他们的衣服。尸体滑到后面去时，他们就捡起来，整齐地堆成一堆。然后要马上跳开，因为下一个已经滑过来了。运尸工人尽力地将尸体向汉斯和范里尔的衣服上扔，于是他们不得不在车上跳来跳去。

一切有序得就好像一个专做惊悚生意的公司在正常营业一

样。天已经快黑了，电网上的灯照着他们。尸体不断在车上滑落，上面还有人"跳舞"。他们的手变得又脏又滑，已经抓不住尸体了。于是尸体一个接一个撞到他们的衣服上。

等汉斯回到住院部后，发觉自己奇脏无比。他用冷水洗了手，他没有肥皂，也没人愿意借给他。洗衣服那就更别想了。

浴室里面写着各种冠冕堂皇的口号："清洁是健康之道""保持卫生"之类的。德国人就是这样，宣言可以取代现实。只要你把口号重复得足够多，并且大张旗鼓地贴在墙上，人们就会慢慢相信了。就像"我们要向英国出征""V代表胜利""犹太人是我们的不幸"之类的口号。

藏族人有转经筒，上面写着经文，转经筒在风中旋转，那些经文就一遍一遍地重复着。你要是去过浴室，用冷水洗过澡，然后默念三遍"保持卫生"，你就可以健康不得病了。汉斯宁可和藏族人待在一起。在文明这一方面，德国人唯一不断进化的就是他们杀人的技巧了。

德红德正在住院部找他。"范达姆，过来。天都快黑了，我们去10号楼。"

他们踏上了比尔肯大道。路上有很多人，漫无目的地来回游荡。10号楼附近站了几个男人，德红德走了过去。他向汉斯介绍道："同事，阿德里安。"

阿德里安不断追问关于韦斯特博克和他岳父母的事。不过汉斯对外面的事也知之甚少。他看着十米外的那些装着栏杆的窗户，里面偶尔会闪现出一张女人的脸。

阿德里安继续絮叨着。他已经在这里几个月了，还挺幸运的。依玛在这座楼里，她是护士，他则在卫生院，或者准确点说，是"东南武装党卫队细菌与血液研究卫生院"。集中营和周边的所有党卫队营地都在这做实验，倒都是些相当正常的工作，只不过要被党卫队的实验员催着干活。忽然，他头也不回地说了句：

"依玛你好，孩子你好，今天过得怎么样？"

比尔肯大道边上的最后一扇窗前，出现了一个女孩。她戴着红色的头巾，穿着白色的围裙。她回答着，不过基本听不见她在说什么。

汉斯激动得难以自持。他向依玛呼喊，问她愿不愿意找到弗里德尔。但是小伙子们立刻给了他一拳，让他别出声。不出五十米就是营地的一个角，那边，也就是第一道电网外面，有个哨兵正站在瞭望塔上。大声喊一嗓子女人的名字，换来一声枪响，就再也别指望着岁月静好了。

等待一直都不是汉斯的强项。对他而言，仿佛已经等了好多年，而他再也扛不住这个压力了。气氛紧张，暮色沉沉，窗子后面映出女人的形态，就好像是古老的童话剧院里的剪影。这是一个闷热的夏夜，空气中笼罩着神秘的气息。就像《一千零一夜》里的故事一样，这些小伙子站在庞大的宫殿里，满心渴望着他们心之所属的那个人出现。

她的声音传来，好像一个寂静的东方之夜里一座遥远的尖塔上传来的歌声。像一场充满悲伤和渴望的梦，轻柔得如同爱人在一个隐蔽的地方的耳语，忧郁得如同匍匐在地的祭司向先知吟唱的歌。

"汉斯，亲爱的，感谢上帝，你也在这儿。"

"小弗里德尔，我们现在在一起，别的就都不重要了。"

他寻找着她的轮廓，随着天色越来越暗，女人们胆子也大了些。她们挤在窗户前，都戴着红色的头巾，猛地看起来都长得差不多。他问她在哪里。

"等我把头巾摘下来，你马上就能看到我现在有多漂亮了。"

第二扇窗前站着的，就是她，他的姑娘。他嘴角泛起笑意。她当然漂亮了，不管她有没有头发，在他心里都一样漂亮。如果他能再次拥有她，不论她受到过怎样的侵害，在他眼里都还是原来的那个她。

"你们楼里情况怎么样？"

小伙子们挡在汉斯前面，这样哨兵就看不见他了，他也可以多说点。"啊亲爱的，这边还不算糟。不用干活，也挺干净。"

"弗里德尔，我和教授说过话了。你不要害怕，他说你是医生的妻子，他会尽力保全你。"

"那太好了，因为这边看起来有好多卑鄙的勾当。"

汉斯看见弗里德尔旁边的女人戳了戳她。显然这事是说不得的。

"弗里德尔宝贝，我现在在医院，在那边我也还能挺住……"

然后对话就结束了。一声口哨传来，小伙子们推了汉斯一把。他们走回比尔肯大道上，不再注意女子楼的情况。

一个小伙子跑过来："是我吹的口哨，克劳森来营里了。"

克劳森是主管助理[1]。他一般会不定时出现在营地，以便晚上向营区主管汇报情况。他是一个高大的金发日耳曼人，就跟从画上走出来的一样。早上他只是尖酸刻薄而已，而晚上就很危险了，因为那时候他一般都是醉醺醺的。

对残酷的欲望，每个文明人自幼以来就被环境和教育不断压抑着，如今在德国人民中得到了释放。民族社会主义道德，加上酒精，可以直接把人变成魔鬼。说实在的，魔鬼都会觉得自己被侮辱了，毕竟魔鬼只是个坦荡的复仇者。它只有在对方应该被惩罚的时候，或者像《浮士德》里面那样通过买卖合同被赋予了正当权利的时候，才会动手。而纳粹对这些无助的受害者的所作所为，丝毫没有任何正义可言。

1　负责点名的党卫队军官。

克劳森，那个主管助理，当晚就是那个样子。人们只敢在一个安全距离之外看着他。每个近身过去的人都会得到他"应得"的一脚或是一拳，那些来不及跑的，就会被推倒在地，好好认识一下克劳森穿着皮靴的"蹄子"。

不过威利也在，他是营长，是囚犯的老大，也是他们的代表。他笑着向克劳森走来，手里攥着帽子。克劳森害怕地犹豫了一下，不过当他看到这个豪爽的男人友好地向他点头示意，便又平静了下来。他欣喜地拍了拍营长的肩膀，跟他一起走了。两人估计会一起喝点小酒。

整个营区的人终于松了一口气。威利为他们解了围。威利人还不错，他认为自己有义务站在囚犯这边，并且他也敢冒这个风险。他是一个德国人，但是已经凭着共产党员的身份在集中营待了八年了。

而德灵又是另一种人。德灵是医院的"头儿"，这些"头儿"是党卫队从囚犯中选出来的。汉斯第二天早上见到了他。

"你是什么医生？"

汉斯用一个词介绍了一下。他对这个男人感到厌恶，他就那么随意地躺在椅子上，跟同事说话的态度就像个混混儿似的。

"行了，去走廊等着吧。"

走廊里有几个囚犯在等待。大多数都是年轻的波兰人，来当护士，也要见见院长。再就是三个犹太人：汉斯、实习医生范里尔和一个年纪稍大一点的男人。他介绍自己是本杰明医生，是来自柏林的一名儿科医生。他和汉斯是同一批来的，不过消毒之后就直接被萨缪教授带去医院了，他们两个上学的时候就认识。

最后一个波兰青年也去见了院长之后，一个文员出来，拿着一张单子，他让犹太医生单独待着，把波兰人带走了。几分钟之后他又回来了。

"你们要先去隔离区。然后就会被分到各个医院去。"

头一天汉斯在营地医生那边出来的时候，他以为已经没事了，不过德红德提醒过他："德国人那边你可能没事了，波兰人这儿还没完呢。"

可惜，被德红德说中了。

营地医生接收了他们，但是波兰的院长把他们支去了隔离区。他们到底还能不能回来，还是说，这不过是院长的一个借口而已？

汉斯觉得害怕。为什么那些波兰青年不一起去隔离区？为什么只有三个犹太人要去？

在隔离区，汉斯见识到了集中营的生活。汉斯、年迈的本杰明医生和一个俄国人，同睡一张三层的上下铺。早上四点半，厨房房顶的钟就敲起来了，十个数都不到，隔离区就乱作了一团。所有人都跳起来，爬下床，然后舍长爬上去检查床上还有没有赖着没起的。要是有，就把那家伙打下来。

人们在中间的过道上排成一长排等着洗漱。那一个小时的等待对汉斯来说就跟受刑一般难熬。一般他要是起床了，第一件事就是上厕所。他的身体这一辈子都是这么运转的。结果现在要单穿一件衬衫在队伍里等着，根本没机会溜出去一分钟。你要是想和门口的舍长或者警卫说一下自己的难言之隐，等着你的肯定是几巴掌。

一个小时总归还是要过去的。门口会有人发给你一双木拖鞋，你就可以下楼了。楼下是厕所和浴室。厕所里有个厕所管理员，负责监督你不弄脏那块地方。他手里拿着根棍子，并且非常了解那棍子怎么用。浴室里有个浴室管理员，也拿着根棍子。墙上写着"清洁是健康之道"和一些类似的口号。所谓清洁，就是几滴冷水，没有肥皂，用自己的衬衫当毛巾。洗完澡之后有人检查，谁要是不干净那就倒霉了！

然后铺床。整个德国好像都跟床过不去似的。他们的床不是拿来睡觉的，是拿来观赏的。床单干不干净，铺床的稻草还有没有，或者床上有没有躺着个病人甚至死人，都无所谓，反正只要叠得"板正"就行。床单上不能有褶子，不能粘着稻草。

然后大家又站成一排，这条一眼望不到头的队伍里夹杂着200多个波兰人和俄国人，在床后面排着，就为了喝口咖啡。不管你渴不渴，你都得在那排着。碗不够，所以你要么两个人喝一碗，要么抓紧喝，因为后面的人还等着用你的碗呢。一边墙上写着"保持卫生"，一边大家共用一个碗。这碗拿来喝咖啡，喝汤，一块木头就当作勺子了。

汉斯想起了一位牧师的轶事，这位牧师坐在一位农民（教区居民）的餐桌旁，并从公共锅里盛大麦汤。嘴上烫起一个泡的时候，农民说："牧师，吐回去吧，我刚也是这么做的。"不知道这边这些吃的里面都被喷进去了些什么。

汉斯还能幽默地看待这些事，但是本杰明医生就不一样了。这个老人已经崩溃了。他无法忍受一天到晚被人催被人打，而恰恰因为他的无助，他挨的打最多。他拿到咖啡的时候，肯定不能像别人那么快速地喝完，那就要挨一下子。喝完咖啡，命令又下来了："所有东西都放在床上去。"本杰明医生又要被踹一脚了。

之后他们会在床上坐几个小时，享有特权的人拖地。享有特权，是因为他们喝汤的时候能多分一勺。汉斯觉得无聊，他现在忽然变成了一个好动的人。他想起雷恩·桑德斯的话：在隔离区每待一天，都算你捡便宜了。跟劳动小队吃得一样多，还不用干活。

没错，是省了力气，但是神经都在这儿被折磨坏了。等着喝咖啡，等着喝汤，等着被打被吼叫。

有时候白天可以出去，在各楼之间走走还不错，但是在这九月份的阳光里，下午就热得跟烤炉一样。不过出去总有一件事是好的：汉斯待在一个全是俄国人和波兰人的房间里，他一个字都不会说。他和本杰明医生是仅有的两个犹太人，所以其他的囚犯也对他们抱有敌意。但要是出去，你可以见到其他隔离区的人，有捷克人和奥地利人。最棒的是，你总能遇见一个人，愿意跟你分析战况，告诉你这场仗最多再过三个月就会打完了。

三天之后是个大日子：弗里德尔寄来了一个包裹，里面有几片面包、黄油还有果酱。在隔离区，面包都被掰碎了。这几片面包切得很整齐，中间涂上了黄油和果酱，这可是女人，他的女人亲手做的。

她离他那么近，不超过 300 米，但是门口站着警卫。要是被他们看见，那估计是一顿好打。如果只是那样的话冒险也就罢了，可是他们也可能会报告给党卫队，那就意味着处罚。这个险可不能随便冒。就这样，他在无所事事、无尽等待、面包和巴掌、无聊和渴望中，紧张地度过了一个星期。

一周之后，一切开始改变……

各栋楼之间很热，热得要命。在13号楼边上有一小条阴影，阴影在这难挨的无尽夏日里缓缓地变宽，这一小条阴影里挤下了一半中欧和东欧的人；另一半挤不进阴凉处的，只能在充满阳光的12号楼墙根底下蹲着，或者交错着躺在尘土里，赤裸的上半身混着沙子和汗水，肮脏不堪。帽子盖在脸上，他们就这么睡觉。

比起阴影里那些挤在一起的人呼出来的气息带来的闷热，汉斯宁可在太阳下晒着。他和奥本海姆闲逛着，听他不断地讲着他最喜欢的话题：战争将因为石油短缺而结束。

忽然一个洪亮的声音传来："穿木鞋的人过来集合。"汉斯迟疑了一下。他是为数不多的穿鞋的人之一。其他人都是消了毒就直接来到隔离区了，他们都穿的凉鞋。

这一迟疑可了不得，因为刚才在那喊的是楼长。他看出来汉斯想假装没听见，于是一边拽着汉斯走，一边咒骂他。那边站了15个人，大多数都是波兰人，笨拙的年轻人，能看出来家里伙食不错。他们两两一组，走向了1号楼。那边停了几辆车，他们分到几条腹带，用铁丝绑在车上，然后拉着车走向大门口。监督他们的楼长报告说："囚犯 27903 号，带 15 名囚犯去建设道路。"

这就是道路建设小队了。党卫队在一个本子上签了字，本子就在营房长房间后面的柜子里。大家继续向前走。

汉斯想起了他来的那天，那已经是一周之前了，他不禁微笑起来。那些拉着货车的"工作机器"。现在他也变成了其中一员，变成了 15 轮机器的一个轮子，而且他要是拉得不够卖力，走在他后面的波兰人立马就会给他一脚。

"快点快点！"波兰人叫道，"赶快走！"那是俄国人的声音。"快点！猪狗不如的东西！"楼长喊道。如果有党卫队队员走过，他会用两倍的音量喊，并且用棍子给离他最近的人的后背或者脑袋来一下。反正他不在乎，因为他只想让党卫队队员看看他是一个多么勤劳的楼长。

纳粹都是那个德行。党卫队队员对每个人吼叫，楼长也不放过；楼长喜欢连吼带打，波兰人也不放过；波兰人只能寻找最弱的人来吼一嗓子。这些最弱的人，就是汉斯和一个波兰犹太人，他叫莱博。

他们没还口。汉斯感觉得到波兰人吼叫的时候释放的压力，就像是他们自己被吼叫时受到的压力一样。元首对着将军们吼，将军们也还承受得住，因为他们回头又可以去对着自己的军官吼；军官又去对着士兵吼。就像台球一样，一个球撞到另一个时就停下来，所以当士兵打骂囚犯的时候，他们自己就平静下来了。

楼长打波兰人，波兰人打汉斯。这来自元首的一巴掌一路传到汉斯这里，而汉斯是不危险的，因为他没权力打别人了。

到了砾石山，汉斯依然是最没权力的一个。他们要分成两拨来装石头，不过每一拨里面都有他。要是他这拨装完了，想把铁锹交回去，就没人接着。这也符合逻辑：15=7+8，八个人干活，七个人等着接替，所以第八个人就没人接替了，而这第八个人每次都是汉斯。他和莱博抱怨了一下，莱博用波兰语和其他人说了几句话，大家笑了一会儿，但是接下来还是老样子。

货车来来回回很多次，去外面装砾石，再把它们运回集中营，营里还有很多其他隔离区过来的人在忙着硬化路面。

汉斯整个人湿透了。他手上都是铁锹磨出来的茧子，脚上火辣辣地疼，因为木鞋的边缘不断摩擦着毫无保护的皮肤。被波兰人推到前面去好多次以后，他去找了看守砾石山的守卫队。不过他并没有申诉的机会，这位党卫队的突击队员先生并不想被他打扰。汉斯咬着牙接了一个耳光，接下来一切如初，被楼长推搡，被波兰人羞辱。

当他们第六次推着满满的货车回到营地时，所有工作小队都已经收工了。他们在营房前排着队等点名。到处都有人对他们大喊大叫，让他们快点，他们半小跑着拖着货车向前，很多人扬起拳头威胁着他们，而每经过一个党卫队队员，就会有人挨几巴掌。

他们上气不接下气地来到了隔离区的营房，把货车放下，跑上去。走廊里早有人等着点名了。到处骂声不断，所有值班的人都对他们挥着拳头——就好像他们巴不得干这么长时间的活一样！

点名点了很久。党卫队队员已经来过了，但人们还在等。汉斯头晕目眩地站着，他的心怦怦乱跳，喉咙紧得难受，脚上的伤口灼烧得让他时不时眼泪上涌。他要是稍微蹲一下或者靠着后面的床，马上就会有一名"同事"戳他一下，让他注意站姿。

点名之后领面包，又排起了看不到头的长队。接着就吃面包喝咖啡，面包上有一抹果酱，他把果酱舔了下来。他喝了咖啡，但是面包却咽不下去。要是躺一小会儿，估计会有点食欲。于是他脱了衣服，躺到床上。困意袭来，像是一种解脱，把他从挂在货车上的腹带上解放出来，手上的铁锹掉落，疼痛也缓解了好多，欲望也平息了下来，因为他慢慢地陷入了昏迷的黑暗之中。

突然传来一声吼叫，吓了人一跳："所有人起来！"

什么情况？从意识的无尽深渊里忽然返回来思考，让他的头脑混乱不已。刚才叫喊的是妈妈吗？着火了？他生病了吗？发烧？他一时间动弹不得。然后变得清晰起来，他清醒了。和他一张床的俄国人使劲儿晃了晃他。

"脚底检查！"

现在怎么办？他疲累交加，晚上睡过去了，脚没洗。现在已经是半夜，他的脚还是脏的。不过这次算他走运，党卫队队员喝多了，看东西也不太清楚。他从汉斯边上过去了，半个小时以后，他又躺下直接睡着了。

他没有休息好。凌晨四点，所有肌肉，整个皮肤，到处都疼。他希望他不用再去干活了，可这根本是奢望。他们在等待命令的时候，值班人员拿了一张纸进来，上面是要去拉车的人的编号，汉斯又得去。

这次的任务要做一整天。11个小时，从装石头、运石头到卸石头。有时候换成别的，比如把石头铺在新的路面上，或者把旧的路面打磨一遍。然后又是拉车。

汉斯坚持干活，尽管他的背疼得似乎要被撕成两半，尽管他手上的铁锹已经被磨得发亮。这是唯一正确的方法，因为波兰人看见他没有放弃之后，慢慢开始愿意帮忙了，竟也偶尔从他手里把铁锹接过来。不过那几分钟的休息也实在算不上什么，等再次轮到他干活时，他整个人僵硬得每个动作都要花更多力气。

这一天还是熬过去了，第三天，第四天……日子毫无意外地一天天过去。巴掌、吼叫、咒骂。谁还会数呢？之后依然是越发剧烈的疲劳和疼痛，不过又能怎样呢？他脚上的伤口化了脓，护理人员给他擦了一些类似碘酒的东西，但这能有什么用啊？他的眼睛因为沙子和日照也发炎了，可是谁在乎呢？

有一次，他早上想请病假。护理人员笑话他："就为了这么点小划痕。"

再就是饥饿！从未间断的饥饿！一份面包和一升汤能顶什么用？而且那汤是什么玩意儿啊！就是水，加点甜菜，或者是切碎的菜根。偶尔一升汤里有一个半个的土豆，也得到桶底去捞才能捞到，而且那些本来是值班的人给自己和朋友留的。你要是运气好，或者有朋友帮你的话，还能再喝一升，但是最好还是别喝。反正别喝太多汤就对了，因为一两周之后就已经有一些老人——在集中营里指的是 40～45 岁的人——腿上开始浮肿。他腿上那些伤口，要是浮肿起来得什么样，估计再也没法愈合了吧！

第五天，他们刚开始拉那些满载的货车，意外出现了！左边的一条小路上走来了一群女人。货车要在交叉路口的五米前停下，这样男人和女人便无法交流。

汉斯屏住呼吸，眯着眼看。突然他情绪失控，大喊一声："弗里德尔！"他扔掉腹带，跑向女人们的方向。不过只跑了几步就被抓住了。是莱博，那个波兰犹太人，及时拦住了他。

"你个蠢货，他们会把你打到起不来的！"汉斯说他不管。"他们也会打她的。"汉斯语塞，无法反驳。他偷偷看了一眼监工的楼长，楼长什么都没发现，他自己为了看那些女孩，已经走出去一段路了。

尽管如此，弗里德尔还是看见了他，并从远处悄悄地微微挥了挥手。仿佛是在对他说：我还在这呢，你想起过我吗？他回答道：噢，我真是太累了，累得没有力气想你。但是你必须要想我，因为只有这样你才有动力。这倒不假，他又小心地挥了挥手，仿佛要给她一个信号，告诉她，他都明白了，她说得对，他会带着对她的想念继续战斗的。

　　更艰苦的日子还在后面。天气变得凉爽起来。一开始还算是提神。皮肤不再那么干硬，肌肉也感觉柔滑了一点，也不会像在酷暑里那样容易喘不过气。不过接着就开始下雨。麻做的外套和衬衫，一点儿也不防雨，浑身都湿透了。

　　不过这还不是最惨的。下了两天雨之后，没有路了。整条通往砾石山的路都变成了水洼和泥泞的土坡，水一直积到脚踝。鞋子都粘在地上，轮子陷到泥里，一直没过车轴。

　　但是车还是得往前走。要是装满了砾石的车陷在泥地里，那楼长的棒子就又有用武之地了。要是楼长抽的这几下子不能让车拉出来，那就会过来一个段位更高的党卫队队员。他穿着大靴子从泥水里跋涉过来，顺便就踢离他最近的人一脚，溅起来的泥飞到所有人的耳朵上。

　　他们抓住轮子上的辐条，一边拉一边转；党卫队队员一边打骂，楼长一边笑，好像在对他们展示他对党卫队队员的崇拜。就这样，货车往往还是能被拉出来。因为他们虽然又湿又累，但是这一两周以来，他们的力气还没有完全透支，要是没有别的办法，逼到了这一步，不行也得行。因为不断地挨打，每个人身上都被打出了伤口或者鼓包，好在还没有人受重伤。

但是他们知道，下场可能也是另一番景象。昨天，营房长，也就是负责监督各个营房的党卫队队员，点名的时候把一个吉卜赛男孩打得整个脸颊都绽开了，就因为他站姿不好。点完名之后那男孩就被送去医院了。

几乎每天都能听到打人和受伤的事。于是他们也开始额外注意了。和愤怒的党卫队队员相反，每个人现在都处于同样的危险境地，所以从感受上来讲，大家也成了一个集体。波兰人鼓励汉斯，汉斯也想帮助波兰人。他们已经感受不到被打的皮肉之痛了，只剩下顽强的意志：车会拉出来的！"使劲！""使劲！"

两匹马拉不动的东西，十五双男人的手臂总是可以拉动的。现在他们还有点残留的力气，但是一个星期后，一个月以后，会怎么样呢？汉斯晚上躺在床上，担忧起来。他觉得自己生病了，他脱下了湿透的衬衫，发烧使他在那张薄床单下发抖，这张床单他还要和两个人分着盖。尽管房间的上面很热，尽管周围有很多人挤在一起，他还是发抖。这可怎么办？

那个已经在这好几周的波兰人经常能从家里收到邮包。俄国人经常能有营里的朋友带吃的给他。没有人比俄国人更擅长"安排"[1]。就算厨房里站了十个党卫队队员，俄国人也不怕，而且总会用偷来的土豆把自己的口袋都装满，也总会悄悄生火把土豆做熟。没有任何一个地方的同志情谊像俄国人这么伟大，即便他在隔离区里也总有个朋友和他一起共甘苦。

不过谁来照顾汉斯呢？还有鲜有的那几个同在隔离区里的荷兰人？他发现在营里荷兰人的名声不怎么样，不管是不是犹太人，人们觉得所有荷兰人都软弱懒散。

或许人们是对的。荷兰人是沉着而实际的人，他们不习惯用圆滑的方式来达到目的，也不心急。他们为什么要在这么费力的劳动中那么勤勉呢？既然毫无意义，那么勤勉也无用，弄不好还成了战争机器。所以荷兰人必须得懒一点。

不过正因如此，营里基本没有什么荷兰人觉得可以"安排"的东西。压根儿就没有一个在厨房或者仓库干活的人，有点用的那么几个人——可能雷恩·桑德斯除外，也极少表现出什么社会意识。

有几次有人帮他从弗里德尔那里偷偷顺进来一包面包。这就已经算是前所未有的善举了。

但是在饥饿和劳动之下，这点帮助有什么用呢？他还能坚

1　指偷东西。

持多久呢？

三个星期之后，惊喜来了。时间还很早，汉斯正在第三次倒嚼他昨天偷偷留下来的一片面包，文员进来了，他叫了几个号，汉斯也在其中。

他们四个人站在走廊里，工作小队派出去之后，他们去了医院。21号楼里已经站了一大群人。

汉斯和一个小个子老头聊了起来。他第一眼看上去很胖，但是你要是仔细看，就会发现他整个人都是浮肿的。所谓的"胖"不过是水肿而已，他额头上有一个大火疖子。他叫科恩，原来是皮肤科医生，在道路建设劳动队里已经待了一个月了。这是他第三次来看营地医生了，不过这次估计又是无功而返。

汉斯稍微乐观一点，而且他也确实如此。对方简短地问了他几个和学历有关的问题，他觉得这下有门儿了。到底还是回到了医院，到底又有了个机会。拉车的日子结束了，道路建设结束了，过度劳动结束了，一整天在雨里的日子结束了。尽管他的手已经粗糙得写不了信，尽管他的脚上依然有伤口，尽管他的背弯不下去也直不起来，他还是充满斗志，回到了28号楼的住院部。

在集中营里也能感到无聊，你可以想象吗？汉斯很无聊。在28号楼里没有工作。他们要等着被分到不同的病区去，那边需要护士。

汉斯正好也想好好休息下，早上在床上多躺一会儿，下午出去晒晒秋天的太阳。不过那是行不通的。集中营的原则就是要"动"。就算你无事可做，也要一直动。

早上听着晨钟起床，洗漱，穿衣服，之后要是劳动的钟响了，三刻钟之后就要开始工作。宿舍的值日人员在拖地。你不能去帮他，不然他就没事做了，搞不好他就会被插到繁重的户外劳动队中去。

之后是擦窗户。早上六点钟，你就拿一块报纸或者旧纸张开始擦玻璃。十二点钟汤来了的时候，正好擦完两扇玻璃。如果你太早擦完，那就把它弄脏，再从头开始擦。

要是楼长或者党卫队队员经过你身边，但是你擦得不够卖力的话，哼。一声吼叫，一巴掌都是轻的。他们可能会说自己用不上懒散的护士，你第二天早上去"上钟"吧。也就是说，早上第二道钟响，去楼外面集合的时候，你得站在钟下面，然后就不知道会把你分到哪一队了。

所以每个擦玻璃的人都特别勤奋。

尽管如此，汉斯还是很满足的。这份工作很枯燥，每天站着也很累，但是并不会把体力耗尽。医院的汤通常也比隔离区好喝一些，经常还能多喝半升。因为很多波兰护士能收到巨大的包裹，压根儿就不稀罕喝这里的汤。

营地里的点名非常漫长，人们有时候要在雨里站两个小时甚至更久。医院自己单独点名，一般来说几分钟就结束了。点完名之后，你就可以睡觉，或者走动，想干什么干什么。也没有脚底检查之类的糟心事。护士应该知道怎么保持个人卫生。

日子还能过。对他来说最重要的是：他现在和弗里德尔又能联系上了。夜晚不再那么漫长，要是需要有人打掩护，他也经常能找到一个愿意帮他把风的人。

于是他晚上经常能和她在窗边说上几分钟的话。

"弗里德尔，不用再给我留吃的了，我每天都能多喝些汤。"

"那汤能有什么用啊？"

"今天我还赚了一份面包，我给一个波兰胖子洗了内裤。"

弗里德尔紧张地捋了捋她的短发。她沉默不语。弗里德尔身后的房间里传来一声喊叫。过了一会儿，她说："文员看到了，不过她不知道是我在说话。"

"你那边怎么样？"

"噢，亲爱的，我们不用干活。我们可以拿到食品补贴，和那些干重活的人一样。所以日子还过得去，不过……"

"不过什么？"他催问道。

"哦，这里很恐怖。现在又是那些希腊女孩。到底怎么回事我也不知道。她们的身体内部都被烧了，一共15个人，'治疗'之后她们痛不欲生，有一个已经死了。"

"他们会不会也对你怎么样？"

"这个实验貌似已经结束了。前几周舒曼教授，还有一个叫'德国肥佬'的还在这儿，现在已经不见人影了。我估计他们去别的地方继续实验了，给下体注射什么的。"

"他们不会让你参加吧？"

"可能不会。我现在是荷兰女人住的那间房的护士，不会这么快轮到工作人员的。"

会面又要结束了，因为营地里传来熟悉的尖尖的口哨声。

每天晚上，主管助理都会来到营里。这位党卫队上级小队队长克劳森，可以说是一个危险的角色。他手里总是拿着一根马鞭。如果你靠近他的跟前，迎接你的只有一鞭子的话，那都算你走运。他要是靠近营地，就会有人吹一声尖尖的口哨报信。每个听到口哨的人，会继续传下去。不管克劳森有多烦躁，他永远也揪不出吹口哨的那个人。

不过，呵，要是他看到了什么不顺眼的，比如你头发长了，你打招呼的时候不够笔挺，你笑了，或者他就单纯看你不顺眼，他会想办法消气的。到目前还没有某一个晚上没人被暴打，就算如此，比起比克瑙或者布纳，所谓的奥斯维辛二号营，都算轻的。

在这里，奥斯维辛一号营是个模范营，楼房都是砖砌的，每个人都有床睡。这边有大仓库，每个人都能偶尔从里面偷点东西出来，而且这里还有模范医院。不能用奥斯维辛一号营的条件来衡量整个集中营。那天晚上，汉斯遇到的年轻人在聊天时是这么和他说的。他来自布纳，上个月和汉斯一起到的，然后和那228个男人一起去了布纳。那是两个小时的步行路程，是个巨大的工业区，到处都还在建设。

"大多数人都得去扯电缆，还有一些要去水泥小队。那可不是说着玩的，一整天拖着75公斤的水泥袋，还要用小跑的速度。"

汉斯不禁设想了下那样干一天的话，晚上会累成什么样。那些水泥得被扛到100多米远的地方去，从一列窄小的火车到水泥搅拌机那里，每隔十米就站着一个哨兵或者党卫队队员，敲打着大家，好保证速度。第一天就已经有一个人倒下了。

"汉斯，你有没有记起普劳特护士，就是那个来自韦斯特博克的持证护士？他们对他用的也是一套老把戏。工作场地的四个角落都站着哨兵，你不能走出被划分出来的那片区域。党卫队命令普劳特去拿一个箱子，正好在哨兵所在的界限之外。普劳特正在犹豫，就立刻挨了一脚，头上也挨了一巴掌。除了去拿箱子，他也别无选择，不过当他越过哨兵的界限那一刻，就被开枪射死了。

"别告诉他妻子，她在 10 号楼。

"第二天是老雅各布逊，一个 45 岁的男人，在营地里已经算很老了。在炎热的午后，小跑着扛着 75 公斤的袋子，他就那么倒了下来。关心他的人被用棍子赶走，半个小时后才可以有人去看他。可他已经死了。

"我们想把尸体拉走，但那是不允许的。因为早出工前他是被算了人数的，晚上点名的时候人数必须对得上。于是我们把尸体拖到了晚上点名现场，这样他就又会被算到人数里去。到现在，五个星期之后，我们已经有 20 个人死去了，而这个死亡人数只会越来越多，因为每个人现在都已经筋疲力尽，遍体鳞伤。

"昨天有个叫约普·范戴克的小伙子，不过是在搬货的时候不得不先停下来喘了口气，哨兵看到了，用枪托给了他一下子，他倒在地上之后，还对他的脑袋踢了一脚。约普躺在那里，失去了意识。他显然也算倒霉，因为我们晚上想带他一起走的时候，他还没醒。

"他的耳朵里流出血来。没人能帮得了他。我们得先去点名。

点名的时候他稍微恢复了一点意识，他呻吟着要水喝。大概等了能有两个小时。一声'点名结束'之后，我们把他带去了医院。今天早上他死了。"

"你是怎么到这儿来的？"汉斯问道。

"昨晚我去了医院报到，我嗓子疼，还发烧。他们说我得了白喉，会传染，所以不能待在那儿，就把我送到中央医院来了。我挺高兴的。布纳的医院简直不成样子。床都是三层的，和这边一样，但是他们那边让病得最重的人睡在最上面，打的旗号是他们需要多一点空气。昨晚我头顶上睡的是一个痢疾病人，拉得很厉害。他一晚上都在喊着要个夜壶，但是当然没人搭理他。所以每次他都拉在床上。天快亮的时候，都开始往下漏了。我尽可能地靠着床边，免得沾上。护士进来看到了，把他一顿打。打在脸正中央，能有五下。这个护士很胖，他负责发汤，自己吃最底下的。要是有人死了——每天都会死几个人——那面包就会留下。要是有人被送到另一个部门或者另一个医院，面包也不会跟着送过去。我今晚的面包就会被护士吃掉。行吧，反正我嗓子太疼了，也没法咽。"

"那你得了白喉，也算是因祸得福了。"

"我不知道。我估计，每个来奥斯维辛医院的人，都要去毒气室。"

不，这个汉斯不相信。没错，营地医生时不时会过来，但是年轻力壮的小伙子们是不会被带走的。

"你能给我妻子捎个信吗？"

"你有孩子吗？"汉斯问道。

"没有。"

"那她估计和我们这一批来的所有女人一样，在10号楼呢。白天太危险了，明天晚上我去试试。你叫什么来着？"

"你不记得了？布克宾得，犹太复国主义的领导者。"

汉斯想起来了，他们聊过关于犹太复国主义之类的事。就算你现在处境困苦，思维也不想完全退化。

汉斯不是犹太复国主义者，便说道："不存在特殊的犹太人，只有一个普遍的社会问题，一个普遍的社会矛盾，反映在了犹太人身上而已。这场仗一旦打完了，那个犹太问题自然就不复存在了。"

"但是坚持自己的信仰和传统的犹太人将永远是一个奇怪的存在啊。"

"真要是那样的话，有什么关系呢？在俄罗斯有十多个民族，有的大有的小，各自文化不同，却能共存而没有冲突。"

不过这场对话言不由衷，所以当钟响的时候，汉斯挺乐于摆脱掉它："九点了，该睡觉了。"

白喉患者们躺在住院部的预备护士中间，这应该没什么大碍。

大家的结局终究都是一样的。除非同盟国军队突然来救,那时候还有谁还活着呢? 啊, 这太长远了, 长远到那个泥球又出现了。那个泥球在他的脑袋里, 有时候变成一个独立而不羁的魔鬼, 掌握着所有有关生死的猜想。但是汉斯现在已经找到了一个口令,"弗里德尔"这个词一出, 就赶走了那个不羁的魔鬼。他召唤出她的影像, 那个泥球就失去了生气, 瘪了下去。

他平静下来, 刚刚的恐惧和怀疑, 现在变成了安静的向往。于是他很快就睡着了。

汉斯在 28 号楼待了两周，之后的某一个下午，来了一条消息："所有预备护士集合。"

现在这是要搞什么？楼长进了住院部，带着一个穿着整齐的囚犯，一个真正的"体面人"。这个男人身穿黑色面料的外套，戴着一顶黑色贝雷帽，他的条纹裤子是羊毛的。从头到脚都是体面人的穿戴。

他们私下说了几句，这个陌生的男人说他要用五个人。

"带六个去吧，"楼长说，"不然我永远也用不完。"

他们选出了六个小伙子。其中四个是荷兰人：汉斯、赫拉德·范维克——那个年轻的心理医生，托尼·哈克斯汀——一个预科医生，还有范里尔——那个实习医生。他们把行李收拾一番，就被那个男人带走了。他好像是 9 号楼的楼长。他对这几个小伙子还挺友善，说他在集中营已经待了九年。作为一名共产主义者，他早在第一年就被希特勒政权抓了。今年他 50 岁了。

"噢，一旦你开始适应了营里的生活，还是可以坚持的。你知道吗？九成的人都是在第一年死去的，但一旦你度过了那一段，后面就好了。你适应了这里的食物，你的衣服会好一些，而如果你成了老囚犯，党卫队队员们也会尊重你一点。"

"您不想从这儿出去吗？"汉斯问道。

"想和愿意是两码事。外面也没那么好。我是个木匠，我现在这个年纪，还要找个师傅从头开始吗？在营里我就是我自己的头儿。"

"我以为党卫队队员们才是头儿。"

"哦，那些全都是小鼻涕孩儿，我在奥拉宁堡的时候他们还裹着尿布呢。营地说到底也不是营地，现在是个疗养院。你们都是荷兰人，是吧？我还是有点同情荷兰人的。那是……我想想……1941年在布痕瓦尔德，我是隔离区那个楼的楼长。400个荷兰犹太人，他们和我待了三个月，也有点适应了。我能保证他们不用那么拼命干活，他们到底还是比那些波兰人什么的要好。后来他们忽然整个都到毛特豪森去了。我后来听说，他们都去了砾石坑。一天到晚扛着石头小跑上坡。最顽强的那个人也只活了五个星期。"

没错。汉斯回忆起阿姆斯特丹的历史。二月，抵抗部[1]一个叫科特的在犹太区被打死了。后来秩序警察从大街上抓走了400

1　属于荷兰政党"国家社会主义运动"（NSB）。

个青年。几个月之后，死讯传来，后来这件事很快就结束了。

说话间他们已经到了9号楼。他们要先在走廊等着，然后进了1号房间。

桌子后面坐了一个小个子男人，是那种矮胖的类型。他戴着一个红色的三角臂章，上面有个字母P，这说明他是波兰政治犯。他肥头大耳，长了一张严肃的嘴脸，但是眼里却有种美好但有点失神的神情。他紧张地把玩着一根铅笔，这种事他肯定见得多了，或许他也在营里很久了。

这些小伙子一个接一个地走到他面前，作为楼长的替补，以及楼里最老的医生，他负责分配任务。

第一个轮到托尼·哈克斯汀。问他是医生吗，他对此有点含糊其词。楼长问他的实际年龄，他回答22岁。旁人笑了起来，有人嘟囔了一句"愚蠢的荷兰人"之类的。然后是赫拉德·范维克，他说自己之前学医，现在是心理医生。营区医生不是很明白，问他是精神科医生吗？赫拉德不敢说不是。

"那你去3号房，找你的老乡波拉克去。布纳那边用不上他，那边全是疯子。"

汉斯感觉他有机会了。他毕竟当过两年精神科助理医师，比赫拉德那个理论派更有成为精神科医生的资格。不过现在可不是竞争这事的时候，赫拉德或许就这么一个当"精神科医生"的机会。所以汉斯说自己是内科医生。

"好，"楼长说，"你就留在这屋吧。这位是住院医师奥科斯基医生。你可以给他打打下手。"没有轮到范里尔。28号楼的楼长已经和9号楼的新同事说了范里尔脚上有伤的事，所以他要先在病房等伤口愈合。

汉斯很高兴。"去给住院医师帮忙"，肯定是个不错的工作。

他依然对营地里的关系一无所知。谁是临床看病的？那些18～20岁的小青年，掌管着流动医院，卖药换香烟和黄油。药并非卖给有需要的人，而是卖给买得起的人。

9号楼里谁是老大？不是楼长和营区医生，而是负责发放食物的人和他的伙伴，一个粗暴的波兰人和几个俄国人。

医疗工作？奥科斯基医生，一个公道的人，一个无事可做的人。每天大概能来十个人住院，奥科斯基告诉他们应该去哪间屋子。那也就是五分钟的活儿，之后他就整天在床上躺着。如果门卫开始敲警钟，他就知道党卫队队员来了，立刻开始逮个人做检查。是的，没有什么医疗工作，但是别的工作有的是。尽管如此，9号楼也有着不可估量的优势。要是你会数数的话，9的后面就是10！

现在是四点半。"起床了，呪！"守夜人一边喊道，一边打开了工作人员宿舍的灯。大家惊坐起来。鲍尔昨天对着几个敲钟五分钟之后还躺在床上的人大发了一通火之后，今天没人敢多翻一个身。只有赫拉德还在躺着。

"起床了兄弟！想多拉一个星期锅炉吗？"

"啊，汉斯，我起不来，我睡得太差了。我的稻草铺上一根稻草都没了，我还咳嗽得很厉害。"

"咳嗽是够倒霉了，但是你没稻草了可要怪你自己。昨天21号楼那里还有五捆呢。"

赫拉德确实不太敢做这种事。这么说吧，他是个任人欺负的人。但是这样一个人，你想从他身上得到什么呢？良好的平民家庭出身，父亲是公务员。他们从未大富大贵，但是也不至于为生活而疲于奔命。这样的男孩怎么斗得过那些囚犯？那可都是一些了不得的人：做黑市交易的、小偷和反社会人士，别人都愿意整天和他们在一起。要是这里面有波兰政治犯，他们已经在营地里待了多年，便也不会一直和你柔声细语的。

在他们慌忙起床，衣服都没穿好就站在走廊里的时候，就体验到这种感觉了。

"你们在哪儿呢，天杀的垃圾，倒霉催的荷兰人。"

库琴巴推了他们每人一下，就算问过早安了。之后他们就一路小跑去厨房，拿一大桶茶。如果你拿了个小桶，就会被骂得灰头土脸，或者他们会让你再跑一趟，你要是拿了个大桶，就会洒掉一半。厨房里有的是烧开的水沟里的水，病人要是需要，管够。两人一组，一共四组跑去厨房，早就有其他楼的20个人站在那里等了。

厨房里又是乱糟糟的。一个党卫队下级小队队长看到了一个偷土豆的俄国人，他不太高兴，于是把这个俄国人打到流血，紧接着又把几个厨师和门卫一并收拾了。所以那天早上的厨房气氛并不和谐。因此他们不能在屋里站着，必须在外面等着把茶灌到壶里。

外面很冷，湿答答的雪在院子里飘，他们的脚全都湿了。用不了多大会儿，他们浑身就湿透了。一件衬衫一件麻外套可不怎么防水，他们紧靠着抹灰的墙壁，屋顶的排水管能挡一点点雪。但是那个小队长又出现了。

"你们站那儿干什么，蠢猪。站好了！"赫拉德没有及时站到队伍里，脚踝上就挨了漂亮的一脚。踢得不重，但是他该怎么拎水壶啊？算了，谁在乎啊？范达姆医生和那个年轻的心理医生范维克就站在这个潮湿的 11 月的清晨里，都快冻上了。

"为什么我们要等这么久？"赫拉德问道。

"还不如问问我们为什么要急着从楼里出来。现在你知道了吧，'动起来，动起来'，快走，赶时间！从理论上来讲，你一直被催着走，就会尽可能多地消耗能量。"

半个小时后，他们终于进了厨房。锅炉冒着热气，湿暖的空气透过衣服，给了这些快冻僵的人一点生气。锅炉旁边站着穿着发灰的白大褂的厨师，一个波兰大块头，肌肉发达，神情深不可测。你不能和他们靠太近，他们已经被催促着忙了好几个小时了。

囚监又过来了："你这个浑蛋，半桶都被你洒边上了！当心我把你脸打烂。"

波兰人耸了耸肩。囚监是一个德国囚犯，臂章是绿色三角形，这是罪犯的标志。他可能背负了五起谋杀案，但他已被党卫队任命为监督员，那你就必须得听他的。

汉斯和赫拉德找了一个桶，握住铁手柄往上抬。汉斯看见了一桶盐，想起了之前弗里德尔问他能不能搞到盐。他刚抓了一把盐揣进口袋里，脸上就被泼了一注冷水。一个正在拿着喷头清洗锅炉的厨师抓到了他。

现在他全身湿透了，不过他还能挺过去。他看了看厨师，装傻一般地笑了笑。不然他该怎么回应这一泼淋浴呢？打回去吗？妄想。那厨师可比他结实多了，平时没挨过饿，况且还占理。在这里要是抓到了偷东西的人，是可以直接惩罚他的。

他们把锅炉抬起来，拖出了厨房。每隔 25 米，赫拉德就得把它放下来一下。他并不强壮，是个小个子年轻人，并且从来没做过什么体力活，而这个锅炉能有 100 多公斤重。他们就这样回到了营区。这时大概已经六点了，楼里只有楼长戴手表，但是你还是能有一点时间概念的。再过一个小时，10 号楼就开门了，他还有很多事要做。

宿舍长亚努斯在汉斯进屋的时候已经开始擦地了。这是一个小房间，里面躺了 58 个病人，全都是波兰人和俄国人——"雅利安人"[1]。病人们躺在三层铺的床上，睡在最上铺的人享受最多的温暖，睡在最下面的人则拥有最多的跳蚤。虽然跳蚤跳得还挺高，但是受重力影响，它们最后还是会掉下来。所以睡在上面的都是些重要人士：有名的波兰人，大多有头衔和奖章。那都是些政治犯，是被其他囚犯高看一眼的。睡下面的就是普通人，那些农民和工人，他们有的是因为偷宰了一头猪，或者骂了德国士兵一句脏话，更多时候他们自己都不知道自己是为

1　纳粹时期指代"优秀的种族"。

什么进来的。

在这么一群人中间生活，对汉斯来说可不容易。那些重要人士要求很多，不愿意遵守宿舍规则，不愿意四点半起来洗漱，把食物藏在床上，把洋葱皮或者其他垃圾扔在地上，而且要是你对此稍有微词，他们就觉得自己受到了莫大的侮辱。

睡中下层床铺的普罗大众并没有把他们的反犹太主义情绪藏着掖着。他们说了汉斯一些什么，他幸好也听不懂，但是总会感受到一些的，他尽量不去在意这些。这些现在还重要吗？

他看向窗外，正好看到19号楼的那些人拖着茶桶到10号楼去。还好亚努斯不太难缠，让汉斯去了。他跑到外面。"楼长现在不在吧？"

"不在，一切安全。"一个19号楼的希腊人把茶壶交给了他。两个人都很高兴。汉斯一边紧张地喘着气，一边把茶壶抬到了10号楼的台阶上。

走廊前面一个女人都没有。好吧，只有一个，还是个小孩。她偷偷地看着男人们，门卫一出来就马上跑开了。然后有人端着壶到了楼梯那里，往楼上运。楼梯上站满了女人，一窝蜂地抢着接茶水。此时一个胖胖的斯洛伐克指挥官堵住了楼梯。

"谁都不许下来！回去，回去，蠢母猪！"她推搡着，把这些女人赶回楼梯上去。这让汉斯感到焦急，他要怎么接触到弗里德尔呢？这时贝蒂看到了他，便跑上楼去。这一去便是很久，门卫已经开始吼起来了："男人们，出去，往前走，往前走！"他或许看不到弗里德尔了，等一下！她过来了。

她从人群中挤下楼梯，挤到那个斯洛伐克人那里。然后汉斯朝她冲了过去："那是我妻子，让她过来，就一分钟。"斯洛伐克人将她的手从栏杆上移开，弗里德尔跳下了最后几级台阶。

他抓住她的手，她想亲吻他，可是他很害怕。他们一时相对无言。她振作了一下，先开了口：

"汉斯，有什么新消息吗？"

"小弗里德尔，没有，没消息。"

"吃的够吗，汉斯？"

"够。你要是需要的话，可以从我这拿点面包。一个波兰人从邮包里面分给了我一点。"

"不用，亲爱的，你都吃了吧。你干那么多活，我一天都没什么事。只是等待，无止境地等。不过说到底，我还算幸运的，其他人……"她停了下来。

"怎么？"他追问道。

她紧张地环顾了一眼四周："露露和安斯昨天被注射了。"

他咬了咬嘴唇。他明白她的紧张。注射的是什么她也不知道，但很惨就是了。弗里德尔告诉他，安斯腹痛得很厉害。她流了一夜的血，一腹痛就流血，血量是正常的十倍多。现在她躺在床上，筋疲力尽，痛苦不堪，而下周她又要回到教授那里去了。

两个人都沉默了。但是他们的眼神里都透着惊恐不安，担忧她也要经历这些。

这时门卫来了。在营地的这段时间，她已经忘记了如何说话，现在只会吼叫了。正因如此，她也是个优秀的门卫。"出去，你疯了吗！男人都走了。快点快点，要是党卫队女监工过来，我可是要掉脑袋的！"她吼得这么大声，反倒会把女监工招来，所以还是走为上策。

弗里德尔无法再控制自己了。她靠在他身上，不断亲吻他，他也以吻回应。门卫烦躁起来，用楼长威胁着他们。于是汉斯推开了弗里德尔，努力平复下来。

"弗里德尔，你要坚强。"

"我很坚强，但是这些姑娘在这儿太苦了。"

"我知道，但是不会一直这样的。"

"还要等多久呢？"

"我不知道，亲爱的，一切都会好的。"

他还能再说什么呢，他又能预测到什么呢？弗里德尔，她是金子般的女孩，可是纯金是一种软金属。她要是钢做的，那些苦难就不会在她身上留下痕迹了。

汉斯离开了。其实他是逃走的，因为他感觉自己无力安慰她。对于这些恶行，他的几句安慰有什么用呢？汉斯对 10 号楼里发生的事情和目的不过是一知半解。大规模的绝育不是德国人的计划项目吗？他们会不会想计所有犹太人、波兰人、俄国人甚至其他人种都绝育？除了尝试绝育，这些妇科实验还能有什么意义？犹太妇女是廉价的实验品。他们盼着她们受苦，而她们是否会惨死才没人关心。怀着这种忧郁心情，他回到了9号楼。

9号楼里迎接他的并不是愉快的气氛。鲍尔，那个楼长，已站在走廊里等他，一看见他走进来，开口就骂。

　　他把所有骂人曲目都演唱了一遍："上帝啊，你个遭天谴的，该死的白痴，劳动时间就这么过去了。你肯定是去隔壁逛窑子了吧。我真是不明白他们为什么要在我们这么体面的集中营里建那么个东西。我在布痕瓦尔德整整五年，一条裙子都没见到，直到后来'普夫'[1]开门。"

　　齐里纳，站在他边上的首席医生，给了他一拳："你那时候肯定是天天赖在那儿。"

　　"你想什么呢?! 我可一次都没去过。我确实是个共产党人，但是我可不和那些婊子混。再说了，布痕瓦尔德那边的都不是什么体面人。你绝对看不见戴着红三角袖章的政治犯会去普夫。我真是不懂，奥斯维辛这边怎么都是一群软柿子，一晚上站在那里

1　是奥斯维辛的一家主要的妓院。

排着队等。"

"这边的饭太好吃了。"齐里纳打趣道。

"不过说回你这个倒霉鬼,"鲍尔对汉斯说道,"要是你迎面遇上主管助理,我才会笑死呢。你知道我们那个理发师弗洛莱克怎么了吗?"

"不知道。"

"弗洛莱克站在窗边和一个 10 号楼的女人聊天。弗洛莱克这人你知道的,少不了那些恶心的话、那些恶心的动作。然后卡杜克,第二主管助理,正好过来了。他提起弗洛莱克的脖子,像攒肉丸子那样把他拎起来带到营房长的房间去了。把他交给营区主管霍斯勒,说:屁股上打 25 棍。于是他马上就在地堡里吃到了这顿爆炒牛尾巴。"

"那是什么?"

"我不刚说了吗,风干的牛尾巴,那可是一流的日耳曼刑罚工具。弗洛莱克在床上趴了三天。现在都过了两周了,他还不太敢坐着。"

"你从来没听说过'25 棍之国'吗?"齐里纳插话道,"在德语里是非洲东南部的意思。用棍子或者鞭子抽打 25 下,在那些老黑那里是种很常见的刑罚。这个绰号也是这么来的。"

鲍尔打断了他:"我们德国人现在可是一个狂野的民族。"他用极其愤怒的眼神看着汉斯,又接着骂了几句,把汉斯派去 21 号楼。这才是今天的主题，今天要分派工作小队的任务。

21号楼前站了15个人。门卫忙着比画，推搡着把人们分成五人一排，嘴里骂着那些还没有把工人配额送过来的营区。

接着又是："快点！走起来，速度！"不过当30个人凑齐了之后，又过了半个小时才过来一个党卫队队员来带他们走。等到他们都列队走出大门，到了党卫队大院，并没有看到拉货的车。工头[1]去交涉，于是他们又站着等了一个小时。外面很冷，人们穿着亚麻的衣服瑟瑟发抖。他们站在道路中间，因为已经被囚犯们扫过雪的人行道是为进出大楼的党卫队准备的。党卫队大院一共有三座大楼：党卫队医院、东南地区行政管理部和司令部。

整个大院就和一个蜂巢一样，男人们鱼贯出入着，中间偶尔有几个衣着精美的女孩，她们肯定也曾是那些现在已经被杀的犹太女孩中的一员。有时候有几个囚犯会因为"党卫队医院劳动"，来这边打扫卫生，还有些重要人士甚至可以过来当药剂师和牙医。这可是个大便宜。他们吃的是党卫队的食物，日用品和药品一应俱全。"党卫队医院劳动"也是整个营里最重要的药品来源。在这里干活的囚犯把药顺到营里，然后卖了换果酱、香肠和别人从更衣室里偷出来的衣服。这边有一个巨大的药房，还有大阁楼，火车运来的成千上万的药品都会堆放到这里。它们和从柏林利希滕

1　负责选人的党卫队军官。

贝格的武装党卫队医疗营运来的货物一起，构成了庞大的库存。从这个中心点，这些药品被分发到整个东南前线部门的党卫队去。同样，奥斯维辛建筑院是所有部队的建材中心，而武装党卫队东南区的所有战争物资都是由奥斯维辛的工厂提供的。德国军工厂，简称 DAW，负责所有木制的东西，尤其是弹药箱。弹药本身，则是由"汽车联盟公司"在布纳的工厂里做的。布纳那边还生产合成橡胶。

这里的这些大楼，就是巨大的奥斯维辛集中营的中心，这个集中营是由 30 多个营地组成的：

奥斯维辛一号营区是汉斯所在的营，比克瑙是灭绝营，莫诺维茨加上布纳的工厂，还有很多煤矿和农业的劳动队，这些加在一起，共有 25 万多名工人。司令部和行政管理部负责行政管理，管理所有的工人和材料。

不，奥斯维辛更像是一个大型的欺凌场所。它的工厂和矿场是上西里西亚工业区的重要部分，劳动力比世界上任何地方都便宜。他们不需要工资，也基本不吃什么东西。如果要是被累垮了，就直接沦为毒气室的受害者，反正欧洲还有足够的犹太人和持不同政见的人来把缺失的人数再补齐。

柏林在统筹一切。在威廉大街上有一个特别的集中营部门，隶属于希姆莱之下。那里的人负责安排从整个欧洲到集中营的运输。所以韦斯特博克才会下令：这几千人去这个营，多少多少人去那个营。那里也会计算，这一批人中的几成会直接被处决，以及多少人需要被派去干活。

对，格伦，那个牙医，在营里已经待了一年半，他什么都知道。那些天不怕地不怕而且从来不为他人着想的波兰人都把他视为榜样。他在营里声名大噪，并且一直干的都是最体面的活。他在政治部门工作的人里有自己的朋友，那些人跟他透露了各种秘密：司令部的决定、柏林来的电报什么的。他和那些在党卫队医院工作的女孩子也不清不楚，要是被抓到也不会掉脑袋，因为他在党卫队厨房里也有朋友，可以给他搞到两斤杜松子酒，带过去把那个知道格伦太多秘密的人的嘴堵上。但是现在他的处境也有点不比从前了。

"你知道'沼气'是什么吗？"

"不知道。"

"'沼气'是一个 600 个人的工作小队，他们住 1 号楼和 2 号楼。每天他们要走五公里，那边的一片沼泽地边上建了一个大工厂，用来从腐烂的气体中提取沼气能源，这个工作也有一些民工一起做。沼气工作小队是最大的走私队。来这干活的人把亚麻布的衣服穿在身上，然后脱下来卖给民工，换取生活用品，有时候还有首饰和手表。他们的东西又是从那些在"加拿大"[1]工作的人手上得来的。火车上运来的所有东西都能到那边，"加拿大"的人则把这些收获一起瓜分了。

"两个月以前，我手上本来有挺不错的一单，但是失败了。一个男孩在"加拿大"的一件大衣里搜出了几颗钻石，他找到了我，因为他知道我在沼气小队。这个钻石的要价很明确：自由。

"我首先在负责工作安排的人那边打点了一公斤荷兰金酒，我的朋友也被分到了沼气小队。然后我们给一个波兰司机出了个主意，问他能否在车斗下面铺几块板子，这样我们俩可以躺在那。也就是车斗和曲轴中间。但是我失策了，因为这个人和小队里的一个哨兵认识。我碰巧看见他站在那儿和哨兵商量。于是我就在作业长那里请了病假。他肯定也会狠敲我一笔的，不过还是找了个哨兵把我送回营地了。至于我那个朋友，我没机会再警告他了。他们当天就射杀了他。但是他们没在他身上找到钻石，因为钻石已经被我收好了。

"你懂的，在那之后我就居于幕后了，因为肯定有不少党卫队队员对钻石垂涎欲滴呢。"

汉斯还明白了一点：这个格伦，在事情败露的时候，牺牲了

---

1 奥斯维辛集中营里存储仓库所在的地方被称为"加拿大"，因为在人们的印象中，加拿大代表富饶。

他的朋友，就为了自己能带着钻石全身而退。

"你要是想逃避工作，"格伦补充道，"医院就是最好的地方。花一斤杜松子酒你就可以当护士了。"

确实，格伦很清楚怎么躲藏。

工头来了。他弄到了辆车，他们要去把袋子从火车上卸下来，再运到这边。格伦和他说了几句话，从工头那拿到了一个笔记本和一支铅笔。他需要清点袋子的数量。

他们推着车上路了。路上很安静。他们都是护士，左边的袖子上有一个黑色的袖章，上面绣着 H.K.B 三个字母：医院囚犯。蓝色字母代表护士，红色代表技术人员，医生则是白色。不过这个分配不过是理论上的罢了，因为所有人现在都在推着同一辆货车。

H.K.B 是几个神奇的字母。尽管党卫队队员对知性主义非常反感，但他们还是有点畏惧感的。韦斯特博克的知识分子们能坚持的时间最长，并且之后大多被送到有特权的特莱西恩施塔特，是巧合吗？医生，尤其是涉及生死的医生，在奥斯维辛和其他营地里生存的机会都最大，是巧合吗？

当然不是。原始人一直生活在对灵魂世界的不断恐惧中，而这个世界却是由死者的灵魂组成的。如果杀死了某个人，他的灵魂就会视你为敌，而这样一个愤怒的灵魂，在活着的时候越"强大"，死后就越危险。医生尤为危险，他们掌管着古老的巫师留下的精神遗产，统治着活人与死者的精神世界。而又有谁比"日耳曼贵族"更加原始呢？

再者，对医生你可要小心着点。就算是党卫队最健壮的野蛮人，也总有个"你或许某天就需要看医生"这样的感觉。也多亏了这点，医生、护士、技术人员，才没有被过分催促和殴打。

不过工作还是要做的，并且是烦人的工作。车上装满了纸袋子，上面写着"除疟蚊的药"，然后是化学配方、硫化合物。很多袋子已经破了，所有东西上面都盖着层绿色的粉末。你要是把袋子扛起来，粉末就会撒进脖子，撒在你那大汗淋漓的寸头上。粉末钻进鼻子里，你就开始流鼻涕，撒进眼睛里，你就开始流眼泪。

一开始你还会尽可能地注意，把袋子放在后背的正中，防止撒出来，但是每个袋子都有一百斤重，你要是累了，就得把袋子扛在肩上。那它就倾斜了，于是人人都撒了一身粉末，衣服变成了绿色，脸也变成了绿色。

眼睛是最惨的，又辣又痒。你要是用沾满灰的手揉一揉，眼睛就像火烧一般开始流泪。你看不见了，也没法再继续干活儿，只好把袋子先放下来。但是那也不行，活儿必须得在规定时间内干完，工头要负责，所以他得来催你。要是你抱怨粉末刺痛了你的眼睛，腐蚀了你的皮肤，工头就会神秘地笑笑。他当然知道是怎么回事了。

晚上，大家筋疲力尽红着眼睛流着泪回到营区，感觉惨极了。

这个咳嗽，那个恶心，每个人眼睛都痛，有些人的皮肤上起满了疱。汉斯觉得自己很难受，在点名之后就直接爬上床去。第二天他起不来床了，发烧，而且他肩膀、后背和身体其他沾到了粉末的皮肤都红肿了起来。

他不是唯一的一个，有四个护士都卧床不起。鲍尔还挺友善，那天安排了别人去，活总是得有人接着干的。

新派去的人问工头能不能拿一些橡胶之类的把后背和肩膀盖上，或者有没有可以保护眼睛的护目镜。工头漠不关心地耸耸肩，大不了就是多几个生病的囚犯嘛。一个护士从处置室里拿了些橡胶床单，每天检查医院的卫生署的卫生员，也叫 S.D.G，发现了之后，把他骂得脸上红一阵白一阵，又给了他几巴掌，把床单拿了回来，骂道："搞破坏的。"

要是你想保持健康，要是你把自己和每天都要接触的毒药隔离开来，你就叫搞破坏。这么说的话，荷兰人给油漆厂里的工人带牛奶，简直是犯了死罪。好吧，晚上又多了几个病号。

鲍尔看起来若有所思。

接下来的一天也是如此。现在，仅仅是因为那个防疟疾粉末，9 号楼里的 35 个护士里面已经有七个都病倒了。不过工作总算是做完了。

汉斯并无不满。烧总是会退的，身体也终将会把毒素排出去，他身上留下的疹子也会慢慢长好。休息还是不错的，唯一痛苦的是他不能和弗里德尔联系。他给她写了封信，说他情况不太好，但是没有收到回音。给 10 号楼送饭的小青年们不敢去送，刚有几个人遭到了鞭打，还有一个人，他身上的信被搜了出来，于是被送去比克瑙接受惩罚了。

等到第五天，警报响了起来！鲍尔冲进了护士宿舍："快，所有人穿上衣服，赶紧的！营地医生在 19 号楼，随时就可能到这边来！"

人们不知道发生了什么事，不过在走廊里汉斯碰见了格伦。他一脸愁容："太平日子过太久了。营地医生三个星期没来了。"

这时门开了。"注意！"门卫喊道。

格伦把汉斯拉进了厕所，他们听到营地医生上楼去了。几个病号进了厕所。托尼·哈克斯汀，那个扫厕所的，刚要张口骂人，格伦赶快示意他别出声。

"让他们在这儿躲一下，蠢货。"

格伦抑制不住自己的好奇。他带着汉斯上了楼，悄悄地闪进房间，和其他护士站在一起。床铺瞬间就空了，人们都在中间的走廊集合。卫生员把几个病得下不了床的人的编号记了下来，写完之后，集合好了的人们就上路了。

这令人感觉恶心，尤其当你知道他们去干什么的话。那些可怜的骨头架子，摇摇欲坠、残破不堪、无家可归、遍体鳞伤，光着身子排成一条长队，互相支撑着，或者抓着床才站得住。营地医生扫了每个人一眼，每指向一个人，卫生员就把他的编号记下来——最后大约有一半的人。

"这是做什么？"一个倒霉蛋壮着胆子问营地医生。

"闭嘴。"

不过卫生员倒是挺坦诚："重病号去另一个营地，那边有特别的医院。"

护士听到这话，咧嘴笑了，窃窃私语道："特别医院，包治百病。"

营地医生完成任务，下了楼梯。汉斯一惊：3号房间的那些疯子中间躺着范里尔，那个实习医生。他之前太任性了。他不仅因为化脓的伤口而不得不卧床，还跑到3号房间和那些疯子凑热闹去了，因为有两个荷兰人在那工作：范维克和艾力·珀拉克。他们要是把他藏起来就好了。

但是营地医生临走时，在走廊遇见了艾力。他表情严肃："只有三个德意志帝国人可以留下，其他人的号码都写上去了。"

"范里尔也是吗？"

"范里尔，还有那些疯子都是。"

他们去找楼长鲍尔，或许他能做点什么。鲍尔是一个怪人。他不坏，从来不打人。他会吼叫和威胁，但也仅止于此。但是他在营里待了这么久，同情心已经所剩无几了。

"范里尔，他咎由自取，他早就该好好表现。为什么你们都没事儿？那是因为你们从一开始就在这好好工作，所以我把你们分配到护士组了，但他是个废物！"

这当然算不得什么理由。说到底范里尔也是被营地医生分配做护士的。要是鲍尔对他不满，大可把他从床上赶下来，甚至行使他作为楼长的权力，把他从医院辞退。但是他不能这样坐视不理。不过再好的人在经历了多年的集中营生活之后，也会发展出自己的"正义感"，就像他刚才那歪理邪说一样。鸟道理，集中营里一般这么叫。

于是，范里尔的名字就留在了名单上，第二天他就出发了。十一点钟，来了一辆卡车，带着一个党卫队小队，这场面汉斯在医院还没见过。营区主管带着两个主管助理，营地医生带着卫生员、卡车司机，还有很多别的人。

他们不停地比比画画，非常粗暴，吼叫不断。不，这看起来并不像是送他们去卫生员所说的那个"特别医院"的情形。

楼长拿着一张名单，上面写着这些受害者的姓名和编号。他们要尽快出列，每个人分到了一条裤子和一双凉鞋之后，就被赶上了车。

那些没法走路的重病号，则被护士用担架抬出来。如果动作不够快，护士也会挨一脚，党卫队队员就会接过这些可怜人，把他们像扔面粉袋子那样扔上车。

这些人倒也不重。一个本来长得很结实的大汉，一开始可能有80公斤，现在也就50或者52公斤那样，还有些本来是正常身材的，现在都不超过38公斤。

从营养学上来讲，体重降低时，心脏和大脑是能够保持重量最长久的器官。所以大多数人也都明白发生了什么。他们是多么渴望活下去啊。很多人向护士哭诉，一个16岁的男孩大声咆哮着。于是来了一个党卫队队员，照着他的脑袋就打了一下。男孩吼得更大声了，党卫队队员下手就更狠了些。但是，这种德式教学法并没什么用。

你有没有见过一个醉汉踢着一条呜呜叫着的狗的场景？狗的悲鸣越来越响，而尽管醉汉是醉着的，他也能感觉到对他的残酷行为来说，这悲鸣是理直气壮的控诉。虽然他并不会因此产生"悔意"，但是这控诉显然让他感到不适，于是他用变本加厉的残暴来掩饰。踢得越狠，叫声越大，直到把狗踢死。起码这样狗就无法再继续控诉了。

这个党卫队队员也是如此，他下手越狠，那个孩子叫喊得就越响。最后他把这孩子举起来，像投球一样扔上了车。一切归于寂静。

汉斯站在楼下走廊的1号房门前沉思。不，只要还赋予这些

"人"责任，他们就永远也不会被教育该如何悔改。"司法惩罚"只会激起他们的仇恨，即使他们假装"有了改善"，一旦把他们再次放回到人类中，他们也会卷土重来。对他们而言，未来只有一种惩罚的可能性：死亡，只有这样才能保护新的社会。

汉斯用指甲掐着肉，极力克制着情绪。反抗，甚至哪怕是表露出一丝同情，都可能给自己招来杀身之祸。之前有一次分选的时候，一个护士帮了一个可怜人一把，管事的党卫队队员对因为这一个人耽误了整件事很不满。护士抗议了一下，营地医生过来，把护士的名字写了下来，于是他也得一起上车走。

范里尔出现在了走廊里。他慢慢走向汉斯。他的头垂在他高瘦的身体上，穿着肮脏的衬衫，趿拉着凉鞋，摇晃着长长的手臂，看起来惨极了。仿佛他正要面临的死亡，已经提前侵入了他的身体。他想和汉斯说话。

但是汉斯已经没有勇气了，他心急如焚。他知道范里尔想问什么，但是他不知道该怎么回答。于是他转过身去。他退却了，他没骨气地逃了。在 1 号房，他从大砖炉后面爬走，却还是无法抑制自己痛苦的好奇心，走去窗前站着。

一切就绪，卡车的门关了，后面爬上去了一个党卫队队员，一车人即将前往比克瑙。汉斯紧紧抓着窗框，他听到波兰人在床上大声议论着。他想尖叫，他有种模糊的感觉，感觉人们会听到他的尖叫并且赶快来营救他。但是他的嘴里没有发出任何声音。在沉默中，他的眼泪涌上了眼眶。忽然一只手臂搂住了他。是齐默，那个来自波兹南的波兰胖子。

"嗨，哥们儿，他们不会再抱怨了。对他们来说，这一曲哀歌已经终了。"

汉斯颤抖着，齐默感受到了。

"来，你得坚强起来。你的处境是完全不一样的。你跟我们在这里还挺好的。你还年轻、健壮，你也知道首席医生挺喜欢你的。"

"您说得对，齐默。我难受也不是因为自己，而是因为那些人，就这么被拉去屠宰场了。"

齐默微笑了一下："上千人，上百万人，都已经遭遇了这些了。你当时哭过吗？只不过现在一切发生在你面前了，你才这么困惑。不过我不怪你，你见过的还太少。1939 年，德国人入侵我们的国家时，他们闯进了犹太人的家。男人们带着希望被送去了劳动营，女人们被强奸。种族耻辱什么的，没用。我见过他们抓着小孩子的脚拎起来，把他们的头撞碎在树干或者门柱上。那时候流行这个。似乎在党卫队每年都会兴起一种新时尚。1940 年流行两个人把孩子从中间生生撕开。1941 年他们流行找一盆水并把小孩的头按进去，小孩就那样淹死在十厘米深的水里。近几年他们收敛了一些。他们用毒气杀死犹太人，营里和前几年比起来简直和疗养院似的，因为他们现在杀人杀得更具系统性了。"

"所以您所在的地区出了不少事吗？"

"可别和我提这个，小伙子。我们波兰人，是知道德国人的德行的。他们不断地侵略我们，不断瓜分我们的国家，并把最好的部分据为己有。波兹南、但泽，也就是格但斯克，还有什切青，波兰最美的地方都被他们侵吞了。但是他们现在的领土划分到哪里不重要。一旦他们赢了战争，整个波兰不都得成为他们的。但是他们会输的，正义会站在我们这边。"

他的这番话，将汉斯的心思从今天早上发生的残忍的事件中转移出来。

这期间，锅炉小队来了。五座医院现在要轮流每周去给 10 号楼送汤。这周轮到了 9 号楼。汉斯和马泽尔，一个安静善良的比利时医生，两人一起抬着一个桶，他的妻子也在 10 号楼。

大多数的护士都愿意去 10 号楼。很多人在里面有朋友，有的人就算在里面谁也不认识，也想在女人中间待上几秒钟。所以从厨房到 10 号楼大家都一路疯跑，因为最先到达的四对护士可以给她们送汤，剩下的就得去 9 号的男宿舍楼了。

即便如此，汉斯和马泽尔总会挑一个重的桶。他们觉得大多数人的所作所为并不忠诚：他们想抢先看女人，于是就挑一个小桶，这些女人反而要因此受到连累，只能分到更少量的汤。

但是那都没关系，他们的目标不一样。比起看女人，给她们多带一些食物更重要，所以他们比其他人更卖力。而且如果马泽尔——他比汉斯年长十岁——有时候走不动，他们就会抓着桶的把手，让重量压在汉斯这边，因为他还健壮，也有更顽强的毅力。所以一般他们都是第一个带着桶到达的。

弗里德尔已经站在走廊里等着了。门卫——那个巫婆——已经有点认识他们了，便不像以前那么凶。弗里德尔笑了，用手抚着汉斯的胸口："傻小子，那么卖力。看你那心脏跳的，回头别再生病了。"

"它还跳着，你就偷着乐吧。"

说完这话，他立刻想起今早看到的景象，剧烈的痛苦又回来了。他尝试着把话岔过去，但是她已经察觉到了。她从窗子里也目睹了这一切。

"这里的姑娘们的丈夫们都还好吗？"

"米尔·布克宾得一切都好，海尼和君特也是，但是一个叫海特曼的人已经离开19号楼了。"

"天啊，我该怎么和她说？！她今天疯了一般，来回踱步了一早上。她特别害怕，因为他的状况已经很差了，但是她还是不敢相信这事。我这还有一袋面包呢，是她托我转交给他的。"

汉斯觉得，最好假装一切正常。这样她可以过几天再说他突然离开了，被调去了另一个营地。不管怎么说，不能让她知道他今天被选走了。

"那个可怜的孩子，她这周还被萨缪处理了。很疼，还出了很多血。你还能搞到棉花和卫生纸吗？他们要是还像上周那样做那么多实验，我这儿的东西是绝对不够的。"

米尔的妻子贝蒂走了过来。她手里拿着两袋面包，一包给米尔，另一包给海尼·斯皮特，是他的妻子带给他的。

"这里面没有纸条吧？"汉斯问道。要是拿着面包被抓，倒也还可以侥幸逃脱，尤其你要是能证明这是一个妻子带给她自己的丈夫的也罢了。但是带纸条，那可不行。

"我的那包里面有封信。"

"赶快拿出来，我宁愿把它藏在衣服里。"汉斯开始紧张起来，因为门卫已经开始赶人了。他还想和弗里德尔再多说几句，但是这袋面包占用了太多时间。弗里德尔看出来他有点不耐烦了。"你就依着她吧，毕竟你也是她们和丈夫联系的唯一的机会了。"

但他还没来得及回答，就被门卫发现了。尽管他已经尽量藏在女人堆里了。

"你是真有毛病啊。"她骂了起来。他也不想再挨骂，就赶快亲了弗里德尔一下。但是弗里德尔不依，她抱住他，想要得体地告个别。

忽然，一扇门开了。一个高大肥胖的婆娘闪了出来，好像刚从鱼市卖鱼回来一样，但是身体并没有荷兰渔婆那样健康利落。一头脏兮兮的亚麻金色乱发，一张苍白的圆脸，和烈焰般的红唇形成了一种恶心的对比。她处于孕晚期，穿着那身制服就更令人难以直视。"怎么了，你们这群婊子?!"

这就是一场闹剧：剧中可怜的女孩，是弗里德尔和其他女人。她们把从自己口中省下来的面包带给自己的爱人，却被骂成"婊子"。但是那肥胖的婆娘漠不关心地把玩着的那根棍子，可不像是闹着玩的。所以汉斯在女人们的掩护下，从女监工的身边溜走了。他把袋子藏在了外套下面。直到回到9号楼，他才重新喘了一口气。刚才差点就遭殃了。

9号楼的汤已经分到各个房间去了。在楼下的小房间里，亚努斯站在桶边盛汤。每人一升，汉斯把红色的汤碗传过去。有些人不想喝汤，他们吃了太多邮包里的东西。这样汤就会剩下来些。汉斯还能再盛出两升，端上楼去给一位同胞喝。

　　楼上的情况就不一样了：病人们排着长队，手里拿着碗，等着盛汤。只有病得最重的人可以卧床，由值日人员把吃的给他们送过去。

　　护士们懒得保持房间卫生并且还要给病号送饭，于是找了几个病得不重的人来做。每个人都愿意做这份活，因为可以每天多喝一升的汤，而且也不用被赶出医院去外面劳动。当然这也很危险，如果营地医生过来找朝圣者，那值日人员就得躲在厕所或者阁楼里。

　　汉斯端着汤进房间的时候，所有人都向他喊着："护士，给我点汤吧。"他们举着昨天剩下的面包和自己攒下来的黄油，想和汉斯换汤。

不少护士都会参与到交易中来。集中营完全就是个黑市。有时候甚至连价格都标好了，一升的汤值半份面包或者一整份黄油。于是护士和值日人员每天可以用五升或者更多汤来改善伙食。有时候甚至连医生都悄悄从窗户里把汤递出去换黄油。要是被人发现，他们就赶快跑出医院，但是他们不会让人轻易发现的。汉斯没有参与，他或许赚不了什么外快，但他也不是那么需要这个。

等他再次回到楼下，齐默单独把他叫住，往他手里塞了一个包裹："这周的包裹今天到了。"

汉斯得赶快拿上包裹走人。这可不能让其他波兰人看见，他们会嘲笑齐默的。在护士室的一个角落，汉斯打开了包裹。里面有两个苹果，一块饼干，还有一块培根。他马上吃了一个苹果和一块饼干，剩下的就留给弗里德尔。他把它们藏到了稻草铺里，然后老老实实地洗碗，打扫房间。宿舍长库琴巴吆喝了一声需要人去拿面包，所以他要找几个有力气的小伙子：一趟要拉 120 个面包，那就是 170 公斤。然后又是厨房任务：要准备晚上的茶。在这基础上还要迎接鲍尔的辱骂："你这条死狗，你没看见茶都洒在外面的楼梯上了吗？"外面的楼梯也是汉斯的工作范围。"这可是个体面活儿。这台阶是我们楼的名片。你得尽最大的努力维护我们楼的形象。赶快去擦地，多擦擦，倒几桶水，然后拿笤帚。嗯，你知道该怎么干。"

汉斯当然知道怎么干。他提着水从走廊飞奔而过，尽可能地显得忙碌，让别人看到他干活多么卖力。这样就免得他的不知道哪个上司又提前给他找好下一份差事，而且在等待楼梯晾干的时候，可以偷偷瞄一眼 3 号房间。

那个房间是"疯人院"，艾力·珀拉克在那儿做医生。艾力坐在桌边的一个角落打瞌睡。他总是一副郁郁寡欢的样子，并没有表现得特别坚强。尽管他才 35 岁，个头也不小，但总是给人一种又老又弱的印象，似乎承担着生命不能承受之重。

这也可以理解。在他来到奥斯维辛三个星期之后，就已经听说，他的妻子和孩子——就和所有带小孩的女人一样——从荷兰出来之后就直接被带到比克瑙"灰飞烟灭"[1] 了。

"你知道吗？"他对汉斯说，"我当时站在男人那排，看着我的妻子被装进货车，我估计她当时昏过去了。我知道她或多或少也明白会发生什么。"

"别瞎说！"汉斯吼回去。他感到自己无法安慰艾力，而在这种情境下，人们会用无礼来掩饰羞怯。"她能发现什么？不管她当时有没有昏过去，你也会猜到她会以各种方式被送去火葬场的。"

这时沃特开口了："以元首的名义，我，沃特，被选为月亮上

---

1 指被火化。

的千年王国的永久使节。我掌管着所有的恒星和行星。我姐姐给了我三个帝国马克，于是我从经济上控制了赫尔曼·戈林工厂。凭借我们的新型武器，我成功地掌控了整个宇宙，并且以希特勒、戈培尔和戈林三个人的名义，成为大区的州长。我的权力是无穷无尽的。元首下达了命令。房间里的所有疯子现在要举办一场自由选举。选举，选举，选举。你先来，你个草包，你个一天到晚只会睡觉的人，选我们大日耳曼帝国的救世主。你个天杀的民主人士，快醒醒吧。"

他摇晃着和他一张床的一个傻子的胳膊，使劲敲打着他的脑袋。那个男人坐了起来，嘟哝了些没人听得懂的话。

"我们的横幅下面有上百万、上亿的人在前进。我们的血液滋养着永恒的真相女神，她诞生了首领，首领将带我们走向最大的完美帝国。我的孩子们是血液和土壤的蠕虫，他们用粪便滋养着土地，土地上长出玉米，我们就可以挺过英国的封锁了。你这条肮脏的没有信仰的狗，站起来，正步走进我们的队伍里。让犹太人的血从我们的刀刃上喷出吧。现在一切都好起来了。前进！"

然后他又开始踢打那个傻光头，对方惊恐不已，向沃特举手求饶。艾力过去准备让沃特冷静下来。

"当然了，沃特，明天就游行了，今天你得睡觉。"

"我永远也不睡觉，医生，我是齐格弗里德，我守护着永恒的贞女布琳希德。她和龙，也就是元首的父亲，躲在小酒馆里。我是这棕色血统的守护者。我是胜利者。万岁，万岁。我是日耳曼的孩子。我们的队伍在前进。前进，前进！"

他跳下床，兴奋地咆哮着，在宿舍里来回迈着正步。在沃特这个人民首领的领导下，所有的疯子都躁动起来。他们坐在床边，晃荡着胳膊和腿。这些原本死寂的可怜蠢蛋，大着胆子，喃喃地唱起了歌。

一个脑积水患者用餐盘打着拍子，他那双患了白内障的眼睛里荡漾着幸福的笑意。

沃特正步走在前，艾力跟在他后面。

"我是老板，我是使徒，我是整个疯人院的元首。"

"没错。"汉斯说。

突然一声大吼，盖住了骚动之声。"我的老天，怎么不让雷劈死他们呢，都在这干什么呢？"是鲍尔，他注意到了骚乱声，过来看看。

闹剧草草收了尾。他抓着沃特的脖子，把他摁到床上。集会结束了。"给他打一针，珀拉克。你站在那儿做什么梦呢？"

艾力给沃特打了一针，他渐渐地平静下来。鲍尔走到桌边坐下。

"你们都听着，你们不能一遇事儿就慌。我在这个疯人院已经待了十年了。我能让这么一个自称元首的疯子骑到我头上来吗？这十年里，哪怕是元首自己都没能让我屈服。"

"注意！"楼里传来一个声音。鲍尔跑出了房间。艾力开始清洁针头，汉斯抓起一把笤帚开始勤快地扫地。"都动起来！"

是卫生员来进行每日巡查了。以前他非常愤怒，但是最近这段时间消停了些。齐里纳发现了他的弱点：一旦他进入楼长的房间，总有一包香烟为他备着。波兰人轮流把自己包裹里的香烟贡上来。如此，他们得以在巡查中得到一些宽待。他们可以把衣服放在床上，有时候可以在锅炉里做点吃的，也破了很多其他的小规矩。不过好日子也没几天了，卫生员很快就要被调到别处去了，然后会调来个新的。集中营的管理者们显然非常了解，每个人，不管性格多么火暴，时间长了，还是会和囚犯们打成一片的。所以哨兵、卫生员，所有和囚犯接触得多的人，都要定期调换。

三个星期后，新的卫生员来了。这是个高个子男人，留着一撮金色的小胡子。他第一天先过来转了转，看起来十分随和。不过几天以后，他在波兰人的房间让所有病人都下床。这是要干什么？

他要是去犹太人那儿，人们估计会猜测：又要分选了，因为每周这种挑倒霉蛋的戏码都会重演。可是去波兰人那儿干什么？

汉斯和他的室友得把所有床都清空，所有包裹都打开。五花八门的东西映入眼帘：衣服、鞋子、破抹布、发霉的面包，还有上百种其他玩意儿。所有的东西都被丢到一起。包裹里的日用品可以留着，但是烟草和其他特殊的东西，比如巧克力和沙丁鱼什么的，都被卫生员揣进口袋里了。

与此同时，他开始随机检查，看看稻草铺下面是不是还藏着东西，还在病人身上搜。谁有多于一件衬衫的，要扔到那堆东西上去，顺便还要被打几下。

齐默表情烦躁。他有一件漂亮的羊毛毛衣，还有一双高帮鞋，当时是藏在包裹的夹层里送来的。现在他什么都没了。冬天已经到了，不久以后他可能还要被分到小队里去干活。

衣服和其他的东西都用床单裹了起来，卫生员说所有东西都要拿到楼长房间去。他刚开始清点衣服的数量，街上就忽然传来一声枪响。卫生员走向宿舍另一端的窗前张望，于是汉斯抓住了机会，他在每只胳膊下面夹了一个包裹，溜出了门。

等他回来的时候，卫生员正站在包裹前面。汉斯抢先开口："我已经把一个包裹送过去了。"

"好，还有五个。"

汉斯来回走了五趟，卫生员紧盯着看包裹里有没有丢东西。等所有的包裹都被拿到楼长房间了以后，卫生员锁上了门，带走了钥匙，晚些时候他会回来把东西都拿走的。但是现在齐默的毛衣和鞋子，还有其他最好的东西，都被汉斯藏在阁楼上了。

到了晚上，汉斯就发了大财。齐默拿回自己的东西时，给了汉斯半斤培根。大庭广众之下，其他被汉斯救下了物品的人也不敢落后，给了汉斯培根、糖、苹果、白面包，等等。他在 10 号楼的窗前对弗里德尔讲到这段历险的时候，整个人看上去红光满面的。

"明天我给你带点过来。"

"自己多留点吧。"

"放心吧。"

不过他知道，大多数的东西还是都要给她，因为他在窗口看见她的时候，听见她咳嗽了。而且先前她也要过止咳药水了。他让她量一量体温。她量了几个晚上。腋下 37.3 ～ 37.5 摄氏度。"从体温上看不出来。"她说。

但是汉斯怕了。他已经锁定了新的敌人：肺结核。他要和它对抗，照顾她。现在他唯一能做的，也只是给她送点吃的，但只要有一点他能做的，他就会去做。他躺在床上，想起他白天是怎么蒙骗卫生员的，感到十分满足。一种久违了的安宁的感觉袭来，他微笑着进入了梦乡。

某天早上，楼长来叫汉斯："范达姆，你得去隔离区。"

汉斯一惊，他想，又要被赶出医院了。但是站在一边的齐里纳笑了，安慰他："隔离区那边出了猩红热，需要个医生。那边的病人医院不能收，他们晚上也不能去大流动医院包扎。所以我们得派个医生过去把所有工作都在那边做了。"

一个小时以后，汉斯到了隔离区。他被带去了楼长那里，楼长嘲讽地笑着迎接他："看哪，这不是我们的医生大人嘛。您可是这里的头儿。您来了我就放心了。"

他把汉斯带到病房。角落里有一小块地方用帘子隔开了，后面是一张普通的床，三层铺，下铺睡的是宿舍长，宿舍长上面是文员，上铺是留给汉斯的。

宿舍长嘱咐了他几句在隔离区的注意事项。行事要放轻松，不能太过担心。

他要是能听进去这些建议有多好，那一切就会好很多。但是，他从进来的那一刻开始，就尽力并准确地要求采取他觉得有必要的措施。每个病房门口都得放一个装了消毒液的碗用来洗手。每天早上每个人都要体检，如果有新的猩红热病例争取尽早检查出来。每天晚上要搭起流动医院。必须空出一个病房，给那些根据指示不能去医院的病人和疑似猩红热患者来住。几个在隔离区的法国医生要协助汉斯。当他急切地把清单拿给楼长看的时候，楼长又堆起嘲讽的笑容："会安排好的，医生大人。"

汉斯一整天都在忙着这些措施的事儿，但是一件也没成。没有装消毒液的碗，医院的药房拒绝给医院以外的地方开药。单独病房楼长也准备不出来，他这楼里已经住了 1200 个人了。他们现在已经是三人挤一张床了。

不过，与其说没有实施计划的条件，汉斯感受更多的是故意阻挠。哦对了，海因里希，那个和他睡一起的宿舍长也这么说。他胸前的号码旁边佩戴了一个紫色的三角，是《圣经》学生的标志。每天晚上都有一个小集会，所有学生都在海因里希这里集合。一共也没多少：整个奥斯维辛也就五六个人。以前情况不是这样的，海因里希说。

在德国，所有根据《圣经》来证明纳粹系统的卑劣并预言他们垮台的人，都会被抓起来：他们是"耶和华的仆人"。相信其他预言的人，比如相信金字塔的智慧——"石头说"的和相信诺斯特拉德马斯的，他们的遭遇也是一样。

有一次在达豪甚至一次抓了 800 个人。

营区主管让所有人去点名场集合，然后问道："有谁相信《圣经》预言的真理？"所有人都举起了双手。党卫队突击队员挑出来十个人，并将他们当场射杀。然后再次问道："还有谁相信……"还是所有人都举起双手，于是又倒下了十名受害者。

如此反复。不过这样的射杀每进行一轮，人们越迟疑，举起的手越来越少，最后只剩下"改变了信仰的人"，但在那之前已经有几百人倒下了。

那些相信《圣经》的教徒有时候挺难缠的，因为不管你说什么，不管发生了什么，他们每次都会用《圣经》的话来回应，也不管有没有道理。但是他们很诚实，愿意为你着想，也知道营地里什么最吃香。"小心，伙计，"海因里希提醒汉斯，"别拿你的那些措施麻烦他们。到时候有你受的。"

几天之后，党卫队的医生来了。他怒气冲冲，训了汉斯一顿，因为他还没有采取预防疾病传播的措施。汉斯一时犯傻，心一软，没有回答他自己已经要求采取措施了，只是楼长一直阻挠。这下子楼长更加肆无忌惮了，因为他以为汉斯是没胆子回答营地医生的话。

唯一一个愿意帮助汉斯的人是一个年轻的捷克同事，伊瓦尔。

他是因为同性恋而被抓进来的，但是因为他不是犹太人，而且作为捷克人他能和波兰楼长说上话，所以还算有点地位。伊瓦尔成了汉斯的好同事，并告诉了汉斯他是怎么得到红色三角标志的。

"布拉格的一个党员之前欠了我钱。当我去要债的时候，他就把我交到了盖世太保的手里，声称看见过我搞同性恋。咳，汉斯，你也知道德国的案子都怎么审的。我什么都没认，也没有任何证据。但是再好的不在场证明也抵不过一个纳粹证人的证词。我本来可以证明我在他说我'犯罪'的当天根本就不在布拉格，但是我连辩解的机会都没有。"

德国的诉讼程序，汉斯第二天就亲眼见识到了。他当时在阁楼上的一个角落里忙着，十个可怜的病人躺在那里的一堆肮脏的稻草上，这时候点名的钟响了。敲钟之后，到党卫队队员过来之前，足足有半个小时。所以宿舍长先去了汉斯的那个房间，提醒他们点名的时候不要忘了算上他。但是等过了一会儿汉斯下来的时候，点名的人数还是对不上。楼长借着这个机会，一看汉斯进来，就像个疯子一样冲上去，接下来就是一顿痛骂："该死的……"

汉斯想把事情说清楚，道歉，但是楼长越来越生气，猛地挥拳重重地在他脸上砸了几下。血从汉斯的鼻孔里流了出来，眼镜也摔碎在地上。

不过比起摔碎的眼镜和被打歪的鼻子——鼻骨直接就折了，

更严重的是，汉斯现在在隔离区成了一个不受待见的人。所有人：舍长、他的助手、文员，还有清洁工，都嘲笑他。没人再听他的了。

晚上汉斯和克鲁克夫——为数不多的会说点德语的俄国人之一，说起了这件事。他曾是苏联农业集体化的领导，他所在的公司里有 2500 个工人。德国人来了以后，他们集体罢工了。很多人当场就被射杀，他自己和另外几百个人则被关到了这边的集中营。

他们每人都戴着一个黑色三角——"反社会人士、懒惰分子"。想象一下，那些当牛做马努力工作了一辈子的人，他们把自己的棚屋和泥地创造成了美好而宽阔无垠的农场。他们比世界上的任何一个人都更懂得社会的意义，这些工农团体，还有为这些团体工作的人，现在在这里被标记成了反社会人士。戴着这三角形有什么意义呢？也并不能得到更多尊重。

"看看你的四周，都是些什么人，"俄国人接着说道，"他们大多都是波兰人，戴着红色三角臂章，上面有个 P 字——政治犯，但是我向你保证，他们 90% 都是非法经商的人，要么他们所谓的政治犯罪顶多就是他们喝多了的时候信口胡诌了几句话。戴红三角的德国人一般是真的政治犯。有些人已经被关了十年了，但是这边没几个。而且大多数人也都已经遇难了。然后就是俄国人，他们，就和我刚和你说的那样，一般都戴黑色三角形。实际上他们才真是政治犯，因为他们做的事——拒绝，是被看作政治犯罪的。最为渣滓的人是戴绿三角的。要是三角形的尖朝上，就代表是专业的惯犯，要是尖朝下，就是普通的刑事犯。他们在营里面像是领头大哥一样。有些人当着营长，身上背负了几百条狱友的性命。不过这一切也都没个准儿。我认识一个来自科隆的德国人，他在1936年在飞机上发政治宣传册——当然是反纳粹的。他被抓了，并且调查发现他用了非法组织提供的钱来印这些宣传册。于是他就被发了个绿色三角形——普通刑事犯的那个。那些册子如果是他自己掏钱买的，他分到的就应该是红色三角了。"

不觉间已经到了晚上，汉斯要上楼看看。楼上是一个很大的阁楼，里面躺了300个人，全都躺在水泥地上，他们都是犹太人。几天之前，有一个犹太人被抓到向食盒里撒尿。这人膀胱不太好，憋不住尿，但是有时候他们半天都不让出门。于是韦斯特博克的一个朋友给他专门带了一个食盒让他用来撒尿，但是这个借口没人接受。他们和以往一样把他痛揍了一顿：如果一个犹太人做了错事，所有的犹太人都得一起遭殃。

楼长逮住了这个把柄，把他们所有人都赶到了阁楼上，这样就能给波兰人腾出来更多地方，他们现在最多只需要两人共享一张床就行了。

阁楼上的场景惨不忍睹。没有打磨过的水泥地，屋顶漏雨，只有两扇小窗户为这 300 个人提供一点新鲜空气。人们穿着麻布衣服躺在地上，两个人分一条床单。白天他们要么挤在屋梁上，要么一直站着，因为这里既没有椅子也没有桌子。他们这种日子已经过了五个星期，而且因为猩红热，他们不能离开这座楼。

整座楼的病号都躺在一个由板子隔开的角落里，简直是肮脏至极。不过这也算个优点，因为你不会被几百个在阁楼里来回挪动的人踢到。但是要是波兰人或俄国人病了，他们就能找到各种其他的出路。比起这个脏兮兮的病号角落，病人当然是更愿意回到下面的房间去床上躺着的，但是因为传染的风险，病人并不能回到房间。你永远也没法事先判断这个发烧 40 摄氏度的心绞痛病人是不是得了猩红热。于是病人去求宿舍长，宿舍长再去和楼长商量，不管现在是不是由汉斯指挥，病人反正可以留在原处。

当然，从卫生角度来看，他是不应该留在房间里的，但是从他自己的角度想，也可以理解为什么病人不想去阁楼。在那边他无法休息，空气也不新鲜，而且受到的治疗也并不比在下面多。

绷带是不够的，药品就更不用说了。两天之内，汉斯只拿到了 30 片阿司匹林给这 1200 个人。况且没被隔离的其他病人不知道还有多少呢。就这 30 片药，都是费了好大力气才争取来的。他当时不得不去找了医院的院长德灵。

人们就躺在角落里。有些人发着高烧，并且因为喉咙痛，天天吃不下饭。医院里自然也是有做规定饮食的厨房的，但是你要拿到楼长的批条，而楼长并没时间搭理你。但是汉斯还是犯了蠢，第二天和德灵抱怨了楼里的情况，还有楼长的所作所为。

一开始德灵暴怒不已：楼长打医生，这简直是丑闻，是对整个医院的侮辱。但是后来楼长自己来了，两个人用波兰语说了几句话，之后德灵冷静了下来。他会亲自去调查这件事。

一个小时以后，他把汉斯叫了过去："我发现你处理不了这种情况。你还是回到你原来工作的监区去吧。"

等他回到 9 号楼，人们已经对此有所耳闻。齐里纳，那个主治医生，一看见他露头，就笑话起他来。

汉斯来到流动医院的负责人瓦伦丁这里。瓦伦丁说："你真是走运。德灵本可以直接把你告到营地医生那里，那你直接就被发配到矿场上去了。现在呢，你要么今天就被发配了，要么下周。"

"您是什么意思？"

"啊，你当然还不知道这个事，毛头小子。你没听说解散护士，赦免发配吗？"

"那是什么？"

"下周要有 60 个护士到布纳去。听说那边要建一个新的医院。"

"那也没什么大不了嘛。"汉斯思忖。

"年轻人，你还真是天真，"瓦伦丁不屑地说，"听起来是护士和医生去布纳，不过你就等着瞧吧，没一个人能进到医院里的，除非他们先把自己搞成半残，然后作为病人进去。"

那听着可不怎么样。汉斯来到营里时间还短，要是发配的话，那些已经在这里久了的人肯定排在他后面。晚上他和艾力·珀拉克还有克莱夫那，上面房间里的一个捷克同事说到了这个情况。克莱夫那已经在不同的营区里待了四年了，他对这些情况了如指掌。

"别担心，"他说，"这号楼得有十个人走，但是你看吧，你们肯定不会走的。"

"你怎么知道？"

"齐里纳负责做名单，他和你们俩关系都不错。"

"可是现在他用不上我什么了，你看我在隔离区给自己树立的形象多美好啊。"汉斯说。

"别那么说，你并没有毁掉什么形象。你太老实了，顾忌太多。你是想替那些病人争取，所以才招惹到了楼长大人，因为那样给他增添了工作。你不要把所有的波兰人都混为一谈。"

克莱夫那说得没错。几天之后，齐里纳正式告诉汉斯一切都没事，他会留着汉斯和艾力，因为他觉得荷兰人是体面人。不过还是有很多人没能逃脱厄运：托尼·哈克斯汀和赫拉德·范维克。齐里纳没有留他们，这也可以理解。他们不是医生，也是在营里时间最短的。托尼人缘不好，他很紧张，对患者大声吼叫，还经常和别的护士闹矛盾。至于赫拉德，汉斯觉得特别可惜。他是个温柔聪明的小伙子。他很虚弱，而且已经略了几次血。

"他们要怎么处置我们？"赫拉德问道。

"嗯，你们还是会去那边的新医院。"

汉斯自己都不相信，但是让这个可怜的青年徒增更多烦恼，又有什么用处呢。

护士们在一个星期三出发了。他们洗了澡，穿上了新衣服。这不是什么好兆头，因为还会留在"岗位"上的医护人员，是不需要把旧衣服换下来的。

星期四下午，汉斯刚抬着一桶汤来到 10 号楼，就感受到了那边轻微的恐慌气氛。萨缪教授早上正上着班就被拉走了，是地区医生威尔兹下达的命令。他是党卫队医生，位居整个奥斯维辛集中营的所有营地医生之上。传言说他要去比克瑙，在那边的女人里寻找实验材料。女孩们觉得楼里的这些老住户可能要去外出劳动了，虽然她们已经做了实验，结局却是仍然要惨死在砾石场上。

汉斯觉得自己了解的更多一些。他安慰弗里德尔道："几个星期前，萨缪和克劳伯格闹了矛盾。萨缪想要进一步保护工作人员，于是询问地区医生能否让已经在名单上的 40 个'最有资格'的女性不参加克劳伯格的实验。"

"确实有可能这样，"弗里德尔说道，"这边上演着各种勾当。布鲁达昨天和克劳伯格的助理西维亚大吵了一架，很可恶的一个女的。她几个月之前就说过工作人员迟早也会轮到的。要是这种人在营里再待上两三年，有了权力，就会忘了自己也是囚犯这回事儿了。"

"布鲁达是谁？"汉斯问道，

"她是现在的楼长。她是医生，但是会尽可能地破坏实验。"

汉斯回到9号楼，克莱夫那讲了自己对此事的判断。"如果他们在比克瑙枪杀了萨缪，布鲁达的楼长地位也就保不住了。"克莱夫那说。

"那么他们就会把工作人员带去做实验吗？"

"可能吧，但是有那么严重吗？总比之前说的萨缪要去找新的被试人员要好。打针总比被送去比克瑙强。实验也没有那么可怕。的确，那些希腊姑娘被折磨得很惨，但是克劳伯格的实验中的死亡案例只有几个，还有几个人出现了腹膜炎，有几成的人不孕，我们也不知道。"

汉斯完全同意克莱夫那的看法，什么都比去比克瑙强。但是他不能认同实验"没那么严重"这个观点。

"就算他们只是取了女人的一根头发，也是犯罪，和重大的实验处理一样严重，因为犯罪的本质不是由实验的严重程度决定的，而在于实验的强迫性。再者，如果实验不严重，他们也不用逼着囚犯们去做。我要是想做一个无害的实验，我在门诊也能找到一些愿意合作的人。所以他们去囚犯里找，已经证明了这个实验不是那么简单。从经济上来讲，资本主义的进步经常是以牺牲劳动者为代价的。但是法本公司[1]的进步想要用我们的女人的身体做代价，就算是再现代的资本主义国家，也不会有人批准的，只有德国除外。"

"你这话说得没错，"克莱夫那答道，"法西斯保护大资本这一点确实令人震惊，而且他们经常采用前资本主义的手段。"

"怎么说？"

"就拿他们的权力模式来看吧。这纯粹就是封建制度。在营里你可以看到程式化的形式，一个营就如同一个公国。营长是党卫队的封臣，他通过授予特权的方式来行使自己的权力。楼长就是伯爵，他们小有权力，可以利用自己的地位来'安排'一些事情。他们的工作人员就像是在公国里实施恐怖统治的下层贵族。比如我们楼的那个门卫。

"在一个普通的医院里，门卫的工资是由他付出的劳动决定的。在这里他是一个有权力的人。每次来一个看病的，他都会索要一根香烟，或者更多别的东西，才放人进去。他为病人提供的每项服务都要收钱，这就是他的生财之道。只有广大群众，那些没有权力地位的人，才会觉得一升汤和一份面包都很重要。这是权力与权利之间最粗暴的碰撞。完全不民主，封建。"

1　全称"染料工业利益集团"，是德国化工及制药综合企业。

汉斯正要下楼，忽然听见有人叫他："你好呀范达姆，你也在这儿？"

一个年轻人躺在一张床的中铺上，瘦骨嶙峋的，虚弱得已经没法从床上起身了。

"兄弟，莱克斯，你在这躺了多久了？"

那个人是莱克斯·范维仁，是一名爵士小号手，汉斯以前和他一起玩过音乐。

"你不知道，杰克·德弗里斯也在这儿？"莱克斯说，"他在一个矿工劳动小队，还有毛里斯·范科雷夫，他在比克瑙的乐团。"

"怎么会？"

"在比克瑙，犹太人可以参加乐团，有很多有名的荷兰人也在里面，强尼和琼斯[1]，还有约翰·赫兰德[2]也在这儿。"

一些过往的回忆被唤起，莱克斯还讲述了在亚维绍维采分营，在煤矿区的情况："两人一组，每天运四十辆推车，这个工作量和专业的矿工一样。但人家是内行，你又不会用镐，所以一块煤也敲不下来。那就意味着挨打。第一天我们只交上去了五车，量少得被人叫作'搞破坏'。但是我跟你保证：绝对挖不出再多了。作为惩罚，我们当晚去了罚站地牢。那是一个地窖，矮到你无法站直，

---

1 爵士乐队名。
2 荷兰第一位广播体育解说员。

但是又不能躺下，因为地上还有几厘米深的积水。你就得一整晚佝偻着身体站在一片漆黑里。可以想象你第二天得有多难受，根本没法干活。于是等待着你的就是再次挨打和其他的惩罚。没人能挺得住这个。老百姓能正常吃饭，还有矿工补贴。我们只能靠一份面包和一升汤充饥。矿工下班回家了就可以休息、睡觉，或者去酒吧喝上一杯。我们却要接受点名，接受体罚，平趴在泥地里，起来，再趴下，再起来，一连几个小时。然后回窝，八个人一张床，没有安宁，只有寒冷。早上四点钟你就会被叫醒，然后又是循环往复的一天。连生病休息的机会也不给你。拉肚子？干活去。发烧？干活去，直到你死了才算。还没说矿下的风险呢！他们在囚犯们工作的矿道里没有采取任何安全措施，事故时刻在发生。真是蠢啊，这样也耽误了他们自己的生产效率。我们是半年前1000个人一起从荷兰过来的。选出来了300个男人。剩下的应该已经被毒气杀死了。我们这300个人去了矿场。现在活着的大概还有15个人。我算是走运的。有一天营长带过来了一只老旧的圆号，我不知道他这是从哪儿搞来的，但是他问我是不是真的会吹号。于是我给主管助理演奏了一首《平安夜》。当时是圣诞，他们一整晚都点名要听这首曲子。'平安夜，圣善夜。'我不由得想起了在罚站地牢里面的那一夜。好吧，我后来就成了值日人员，不用再去矿场了。我需要做打扫营房、取面包之类的杂活，偶尔给先生们演奏几段，就多拿到一些食物。对，你在这得找到一些自己的特别之处，不然就是死路一条，毫不留情。"

"是啊，是啊，我的先生们。"一个绅士般有磁性的声音从上铺传来。

"你是从哪里冒出来来讲笑话的？"汉斯仰头问道。

"我叫蒙克，我确实是个讲笑话的，但是我讲的都是党卫队的笑话。从 1941 年 1 月我就已经被囚禁了。"

汉斯一脸不可置信。"1941 年 1 月那时候往波兰的运输还没开始啊。"

"不，我是和丐军[1]一起被抓的。1941 年丐军审判的时候，我被判了死刑。"

"那你还在这里干什么？"又一个荷兰人加入了谈话。

"您估计也是个讲笑话的，先生，不过是冷笑话。不过我还是回答您的问题。我已经辗转过至少 12 座监狱以及同样多的营地了。但是正如大多数的死刑犯一样，你得等判决书下来，但是一直也等不到。布痕瓦尔德情况最严重，那里有上百个死刑犯。偶尔会有一批被送到雾营[2]——纳茨维勒去。"

"为什么叫雾营？"

"少安毋躁，先生们。纳茨维勒是'夜与雾法令'的执行地，

---

1 16 世纪和西班牙作战时的一支荷兰民间游击队伍。

2 关押并秘密处决囚犯的营。

清晨第一缕光出现的时候，那场面神秘又诡异。那些德国人总是喜欢玩原始的手段。言归正传，我本来是应该一起被送去纳茨维勒的。但是布痕瓦尔德的政治监狱在行政之类方面的地位很关键。当时需要运一群技术工人到萨克森豪森——原来的奥拉宁堡，他们就尽可能把死刑犯们装上车。多次辗转之后，我到了奥斯维辛，在这待着还不错。上周分选，我这个朝圣者的名字是在上面的。第二天那些倒霉蛋被送走，我却又发现了一个笑话。我在这不是以犹太人的身份登记的，而是受保护囚犯的身份。我不是那上百万个要在这化成青烟的无名小卒的一员。我有文件，我身上还有诉讼程序在进行。我只能以被处决的方式死，而奥斯维辛这儿并不管处决的事。他们觉得我一个犹太人在这儿肯定是会不得好死的。"

"这种事还挺常见的，"汉斯说，"比克瑙有一个叫博阿斯的人，是个住在阿姆斯特丹的法国教师。他用假文件以翻译的身份和英吉利海岸边的工人一起工作。他和两个朋友一起被抓，按照间谍罪被起诉并且三个人都被判了死刑。那两个朋友隐瞒了自己是犹太人的事，被直接枪决，但是博阿斯说了自己是犹太人。

"党卫队官员对他说：'你这个犹太人，去奥斯维辛吧，在那你会跪下来求死，那才是你应得的下场。'博阿斯现在在一个不错的劳动小队里，他运气要是再好点，估计会活过这场战争，恰恰因为他是犹太人。"

由于很多护士都走了，汉斯异常忙碌。他从晨钟一响就开始忙，直到晚上，再到熄灯的钟响起。清早，起床之后，就是锅炉劳动：取茶、分发、洗盘子、整理床铺。这期间指挥官开始擦地，因为一切都要在八点之前打扫干净。然后卫生员过来检查。

　　之后楼里又有很多活要做。今天整个走廊都要大扫除，于是一早上都在用桶泼水，刷地，拖地；明天要卸煤，楼上的大厅要除虱，就好像以前找到过虱子似的。这是重活，因为整个楼里，加上400多个病人，只有30个护士，这里面还有一半是"重要人士"：波兰人、德意志帝国的人，还有几个除了尽可能多地"安排"到食物、别的都不在乎的人。剩下来干重活的人最多也就十个。然后午餐的汤又来了，接着又要重复一遍早上的任务。

　　有一天，喝完汤以后，21号楼的一个传信员过来了：收尸小队。他们拉出来30个人，这次没有货车。他们去了老的火葬场，就在营地200米远的地方。这里已经废弃不用了。自从所有的灭绝都去比克瑙执行以后，奥斯维辛只有"自然"死亡的人，这些尸体会在晚上被装上运尸车送去比克瑙的焚化炉。

在火葬场的一角，许多铁罐堆积如山，那是在这被火化了的波兰人的骨灰盒。和犹太人不一样，每个"雅利安人"都是被单独火化的。尸体上放着一个石头编号，骨灰就被装进铁罐里。家人会收到死讯，可以过来领取骨灰盒。但是这些年来，剩下了四万个骨灰盒，现在它们要被运到别的地方去。

人们排着队，像是一条长长的铁链一样穿过地下室。地下室里有三个大焚化炉。他们把骨灰盒抛给对方，就好像扔的是奶酪或面包一样。汉斯还从来没有像过去那几个小时一样经手过这么多死人。铁罐都生了锈，一掉到地上就直接碎了。那也没关系：一个人拿着一把笤帚，把所有东西扫成一堆。又有谁会去过问呢？

快到点名时间了，他们回到楼前。点名不过是几分钟的事而已。集合之后，卫生员来了，楼长说道："9号楼31名护士报到点名，无人生病。"卫生员点点头，大家就可以解散了。

点名之后，汉斯要上楼去流动医院给瓦伦丁医生帮忙。楼梯上一阵喧闹。齐里纳和以往一样紧张，对一个想上厕所的人大发脾气。这人没穿木拖鞋，也就是光着脚，这是严令禁止的。情急之下，齐里纳扇了那个人一个嘴巴，但是他心地善良，所以当被打的人哭出来时，他心里比那个受害者更不是滋味。他跑下楼，拿了一块面包回来。那是他从邮包里收到的自己家做的面包，他把面包给了那个人。多年的集中营生活不可避免地在齐里纳的身上留下了烙印，但是它们并没有完全摧毁这个人。

瓦伦丁已经在流动医院里咆哮起来了。他是半个犹太人，以前是海军医生。他不可怕，是一个真正的普鲁士人。稍微有点什么事，他就会对每个人大呼小叫，但是当你吓了一跳，环顾四周的时候，他又会爆发出一阵笑声。

"那什么，你也过来看看？你们荷兰人的家门前都只有稻草垫子吧。所以你们荷兰人才老是大敞着门。你这个幼稚鬼，你是不是有时候还真以为布纳的护士还能进医院呢？我已经收到消息了。他们全都被派去外部劳动了。好吧……"然后他对几个过来帮他包扎的医生说："你们也一起来，我给你们看点东西。"

他们来到一张床前，病人在不停地打嗝。"他已经在这儿躺了三天了，"瓦伦丁说，"怎么治疗都没用。另外他还发高烧，一到晚上就烧到40摄氏度，已经一个星期了。你们觉得这是怎么回事？"

大家陷入沉思。

汉斯说道："可能是脑膜炎，脑膜发炎的时候会出现一些刺激症状，比如打嗝。"

"错，"瓦伦丁说，"这是斑疹伤寒，你经常遇得到。他是从一个传染的营里过来的。"

"那把他放在这儿不危险吗？"一个法国人问道。

"啊，没事。我们现在没有虱子，而且他也好好消毒了。况且，我不打算把他这一例报上去。发现一例伤寒病例后，整个楼的人都要被送去毒气室，这种事情也不是第一次发生了。好好想想怎么保住你们的脑袋吧。"

之后流动医院里来人了。病人从后门进来，把衬衫提起来或者完全脱掉，露出需要被包扎的部位。通常都是惨不忍睹的伤口：疖子，还有脓疮，最可怕的是这些都要用纸包起来。半个小时之后，流动医院里臭气熏天，简直令人受不了。灭疥药又脏又油腻，那是一种治疗疥疮的药，也是手上为数不多的可用的药。

突然，艾力冲了进来："你们知道卡尔克死了吗？"

大家一惊。

"还是没有帮上忙吗？"汉斯问。

"没有，太贵了。他需要更多的磺酰胺，但是没有一个荷兰人能有那么多钱付得起这些。"

他们接着聊了一会，直到瓦伦丁吼道："你们就好好地开茶话会吧。就和在家里一样，在家里也是什么活都是我干，但现在我拒绝干活，谢谢你们。"

楼长走了过来。他需要四个人，汉斯一起去了。他们和卫生员一起去了21号楼，在那拿了一把检查椅，这个要被拿到普夫去。普夫门前熙熙攘攘，德意志帝国人和波兰人排了一条长队。犹太人被禁止进入。

还没开始营业，女人们站成一堆，在楼上和负责监督的医生和护士就争执起来。男人们进来的时候，医生要在场收钱——这钱相当于保证金。他给他们打一针，并在左臂上盖一个印章，一刻钟之后他们出来，再打一针，在右臂上也盖一个印章。出口处站着一个党卫队队员，检查他们是不是两个印章都在。这样可以避免传播性病。

一个女人拽着汉斯的耳朵说："年轻人，你在这干什么，这可不是你能进来的地方呀？"

"你干你的活就是了，我也是来干我的活的。"汉斯回嘴道。

"是是是，"她答道，"劳动带来自由，三号火葬场！"[1]

回到楼里，已经是深夜了，而汉斯睡觉前还需要把屋子再擦一遍。但是他还没忙完，楼长就已经因为熄灯铃已经响了很久灯

---

[1] 为配合押韵德语"劳动带来自由"所编的顺口溜。

却还没关而大发雷霆了。汉斯赶快脱了衣服上床睡觉。

真是漫长的一天，16个小时没有停过！可这是为了什么啊？他的耳边久久回荡着那个普夫的女人的声音，直到他后来慢慢睡着了：

"劳动带来自由……三号火葬场！"

时光就这样前行着。汉斯和弗里德尔都经历了各自人生的起起伏伏。分选会时常发生，每次也总会为其他的朋友感伤。这还不只是累死的和病死的。

就算是在营里工作的人也不安全。每次都有奥斯维辛的工作人员被送到其他营里去。那些在好的劳动小队里工作的人也常常无法幸免。然后很快就丢了性命。谁能受得了矿场的苦累呢？谁能受得了每天 14 个小时从齐腰深的河里挖石头呢？谁能扛得住那些毒打，而谁又能抵抗感染呢？

春天来了，春天带来了稀有的鸟儿。它们在贝斯基德山北部严酷的气候中冒险飞进了西里西亚寒冷的角落。但是春天也带来了阳光，而阳光是一种生命力。这种力量穿透了一切。穿透电网，穿透高墙，穿透党卫队队员，什么也拦不住这种力量。

阳光到底还是为这死亡的宿命里带来了一丝生机。新的希望就像这一抹嫩绿色一样，从春芽中迸发出来，接受着新的阳光的洗礼。空气变得温暖湿润，天空亮出一抹清丽的蓝色，感受到春意的人们，心跳也欢快起来。仿佛血液随着注入动脉的新鲜活力也变得流畅起来。仿佛身体里长居的灵魂随着在青绿的牧场上空颤动的空气一起颤动起来。一股紧张的气息滋生出来，如同人类的历史那样古老，却又在这个能将人的灵魂冻住的冬天之后，呈现出一副新的样貌。

如果人们从楼里的窗前眺望触不可及的对方，或是眺望触不可及的远山，他们会觉得彼此像是一对人间情侣，畅想着天堂的样子。他们不必担心从天堂中被放逐，因为那里他们也不曾去过。一声深深的叹息后，灵魂离开了身体，飘向了缥缈的远方。

一时间，营地不存在了，恐怖消失了，电网和高墙也消失了。灵魂、宇宙以及万物合为一体，从河流上空飘过，从沼泽上空飘过，飘向视线尽头的那片美好的、蓝色的应许之地。他们再次看向对方，一句话在他们之间回响。虽然没有说出口，虽然遥不可及，也依然听得见对方问："何时？"

对自由的向往，对自由的爱的向往，何时才会被满足？共赴自由，看起来不可思议，每当想到他们被囚禁的死亡营地，一种深深的恐惧就会笼罩着他们。意识一旦从幻想中被拉回到现实的营区，她的手指便紧紧地扎进窗纱，双手紧紧抓住窗框，仿佛要用尽全力打破，打破那阻挡一切的东西。

他们再度叹息，不过这叹息和之前已有不同。这一声叹息充满了对那片梦想之地的悔恨和悲哀，因为他们不相信有朝一日可以去往那里。

那天晚上，汉斯感觉身体不适。他点名后直接爬上床去，让一个青年去流动医院取体温计来。他不怎么发烧，知道自己只是在这春天的紧张气息里饱受煎熬。

不过为什么不休息几天呢？鲍尔肯定不会找他麻烦，他正陷在爱河里呢。他坐在房间的窗前，眺望着那个荷兰的犹太女孩，已经好几个礼拜了。她对这个年长些的男人也很友好。鲍尔春心一动，就成了老好人。他不再催促护士们了，也不再骂人。鲍尔的爱是真诚的，真诚、富有同情心的爱。

他和汉斯成了搭档。汉斯要是去 10 号楼，就替鲍尔带去信和小包裹。鲍尔则会尽可能地让汉斯开开小差。所以汉斯可以请几天病假，没有人会怪罪他。

他让抬茶桶的人给弗里德尔带去了一张字条，上面写明他会休息几天，让她不必挂念。第二天他收到了一封长长的回信：

我亲爱的男孩：

你能休息一下，不那么劳累，我很开心。几天不见你，没有你带的额外的食物，这都不重要。

昨天是特别的一天。我很早之前就请求过楼长，这次终于可以参加香料劳动小队了。早上八点，我们就出了营地。我们走了很多路，到了靠近比克瑙那一带。那边我看到了洛特·斯巴特尔，还有几个上个月从我们楼出去的女孩。有些人的实验已经做完了，有些人失败了。还有些新人进来，比如洛特和那些拒绝成为实验品的法国共产主义者。

三个星期前，有70个人被送走。现在在比克瑙看见她们真是难受。她们变化很大。全都光着头，赤着脚，身上不过围着几片用绳子连起来的粗麻布。你知道吗，汉斯，她们已经不再是女人了，只是活物而已。没有性别的活物。我们这边的女孩看起来还很好，可是还能好多久呢？

我和洛特聊了两句，她匆匆地给她的丈夫海尼写了几句话，但是女监工已经走过来了，打了她一下。于是她又回去继续搬石头了。你说得对，我要是去了比克瑙，肯定坚持不了多久。我现在就已经咳嗽得厉害了。

这是美好的一天，我们在森林里采了些香料。有洋甘菊，还有各种其他香料，用来做药酒。很欢乐，每一根茎，每一朵花上，都有春天的气息。虽然现在营地里一切依然荒芜，但是森林已经活过来了，有鸟儿，还有刚抽芽的树枝。

快到黄昏的时候，我们往回走。我累得要死。我还没适应。

晚上非常可怕，因为昨天下午是军事法庭开庭。来了三辆标着"法律"的轿车。附近的一个村子被抓走了300多个波兰人，那是整个村的人。但是两个人已经被释放了。

晚上处决。我们什么都能听到。那是在11号楼的院里，地堡正挨着我们楼。我们那一面的窗户都装着百叶窗，楼长特意盯着我们，以免我们透过缝隙偷看，不然的话他们肯定会向窗户上开枪。

我们楼里的气氛从来没有那么沉重过。值日人员边走边吼，文员没有一分钟不在出手打人。她们都是女人——斯洛伐克的，在比克瑙待了很久。她们在那肯定过得很惨，所以现在她们觉得也应该让我们的生活悲惨一些。"你要是去过比克瑙，你早就死透了。"她们这么说，所以我们现在也要承受她们的一切粗鲁，那套总是向别人发泄的习惯。

七点钟，枪声响起来了。我们非常紧张，而且大厅里那么闷，每一声枪响，我们的全身都能感受到。就好像下一个就轮到你了一样，真是身临其境。

先是听到下令开枪，然后一阵枪响，接着是尸体被拖走的声音，如此循环往复。接着又传来受难者的哭泣声。一个女孩在苦苦哀求，她还那么年轻，那么渴望活下去。男人们呼喊着各种口号，像是什么"希特勒去死"和"波兰万岁"。噢，反正后来我们楼里的情绪已经变得非常差了。尤其现在已经是春天，而你却还和2000多个女人一起坐在这阴暗的大厅里，等待自己的名字被叫到。到处吵吵嚷嚷。我现在就可以告诉你更多的细节，因为我大概知道他们都做了什么。

舒曼的那些实验，你知道的吧？他用的都是16岁左右的希腊女孩。那些孩子被放到一个超短波电场上，在肚子和屁股上放一块板子，这样卵巢就被烧坏了，女孩们被电流击出了惨不忍睹的伤口，并且疼痛难忍。伤口好了之后，她们就要被开刀，他们要看看腹部，尤其是卵巢是怎么被烧坏的。

斯拉瓦跟我说了，这种方法完全是胡闹：他们想找到一种更简单的方式来绝育，要是有机会的话，他们想把所有的波兰人、俄国人，可能还会把所有荷兰人都绝育。但是通过这种方式，女人们不仅变得不育，也被阉割了。

实验结束后，女孩们被送去比克瑙，一个月之后再回来复查。接下来舒曼会摘除卵巢，来看它们的状态。假设一下：2小时15分钟之内完成9台开腹手术。这中间连器材都不消毒。然后还有萨缪的实验，这个你肯定比我知道得多。他已经尽可能快地把所有女人都抢过来，一共有400个。她们都经受了难忍的疼痛。好吧，你也知道的。这绝对不可能是像他说的那样，只是取一块黏膜，因为所有女人都特别难受，而且都需要缝合伤口。

　　舒曼的实验失败了之后，克劳伯格教授来了。听说他是卡托维兹一位有名的妇科医生。他来了以后，女人们的子宫里被注入了白色的水泥状液体，然后马上用X光机拍了片子。克劳伯格说这是为了找一个碘油的替代品。在德国，拍X光时没有碘做造影剂。这是不是真的我不知道，也可能是他们就想用某种方式达到绝育效果吧。

　　唉，今天的糟心事够多了。我没写什么好事情，你别生气，但是你总是什么都想知道得一清二楚。再见了小伙子，好好休息吧……

后面又加了几百个表达爱意和祝福的词，再次唤醒了汉斯那莫大的渴望。他跳下床，穿上衣服。现在已经是两点半了，锅炉小队已经收队。但是他想见她，想和她说几句话，想安慰她，想试着给她一点勇气。

10号楼的门开着。门卫不在。汉斯犹豫了一秒钟，之后，他第一次没有抬着汤桶，就这么走了进去。他在走廊里看到了一个荷兰女人，他让那人替他去叫弗里德尔。但是他们刚面对面站定，门卫就冲出门来开始叫骂。光天化日之下，他好大的胆子！如果她能控制一下自己，一切还能不了了之，但是现在她吼这么大声，那就必然要坏事了。汉斯紧张起来。忽然戈贝尔站在了他面前。

戈贝尔博士是一个瘦小男人，穿着马裤，配上他那小细腿显得极为难看。他那轻便的运动外套让他看起来像是一个刚从大减价买了东西回来的小上班族。但是女人们对他既恨又怕。

克劳伯格有时候还很随和，如果有女人因为某种原因请求不接受注射，他也经常就算了。但是自从两周以前，戈贝尔来了，他就和10号楼的审查员一样。他什么事都要掺和，而且毫不留情地逼迫所有女人去参加实验。他不是医生，而是法本公司的一名化学家，那个公司资助了这些实验，并且对新的液体感兴趣。戈贝尔很粗鲁，阴阳怪气，而且和所有那些从未学过领导别人却忽然获得权力的人一样，有着典型的懦弱心态。

"先生是不是有时候以为这里是赌场呢？"

汉斯本来不屑于找个借口，但是那一刻他心中的仇恨爆发了。他用尽全力控制自己不去一脚踢倒那个小男人，以至于嘴里发出的都是些别人听不懂的声音。

"好，没关系。"这个大权在握的人说道，并记下了汉斯左肩上戴着的编号。汉斯败走了，也没有再和任何人说起这段冒险。

第二天早上鲍尔过来了。"小伙子，你怎么回事？你的编号被写字间送来了，你得到前面去。"到前面，指的是到大门口，主管助理待着的地方，他得在营房长的房间走廊里等。

主管助理卡杜克叫道："150822。"

"听您吩咐。"

"送去比克瑙的惩罚小队。"

直到党卫队队员来带他走的时候，汉斯还是晕乎乎的。他的双腿像灌了铅一样，费了好大力才能跟上党卫队队员的脚步。在奥斯维辛和比克瑙中间有一条铁路，跨过了奥斯维辛的站场。之后，沿着铁路的分支一路下去，大概一里地就到了营地。铁轨从奥斯维辛集中营正门穿过，成了一片广阔的军营之海的中心线。

铁轨的两侧分别有八条或十条小路，在这条道路的两边有35～40座营房。营地左半边是女子集中营，右边就是所谓的比克瑙劳动营。之所以说"所谓的"，是因为这边的条件比女子集中营还要差。这边还有火葬场，一共四座。

如果让比克瑙的20万居民都走在营地里，点名、巡查、分发食物和劳动小队，都完全无法组织。所以两边都有成排的营房和十字街，自己单独组成一个营区。这些营区都是用电网隔离开的，并且各自有一个号码或字母。这也就可能出现夫妻或母女都在比克瑙生活了几个月，却并不知道对方也在这儿的情况。因为所有的营区都被严格分隔开，只有相邻的营区之间才有一些断断续续的交流。

尽管冒着生命危险，男人和女人们还是保持着一些联系。人们的联系比在小得一目了然的奥斯维辛一号营要更频繁一些。趁着运送食物或者其他机会，他们会去寻找对方。大多数情况下因监及其他工头和女人接触的机会多一些。很多女子劳动小队甚至是由男囚监领导的。许多女人要是有一个"富有"的男人，比如开装面包的车的，或者能拿到很多面包的，就会深感幸福。他们会用面包来缓解一下女友的饥饿，作为对他们的爱欲得到满足的答谢。

有一天晚上，汉斯遇见了一个老布痕瓦尔德人，他们聊了聊奥斯维辛的恶劣，他说布痕瓦尔德那边的囚犯道德败坏得比任何一个其他营地都快。

"在布痕瓦尔德，经历了很多斗争之后，政治犯们掌握了整个营地内部的领导权。有时候甚至还有几个党卫队队员合作。如果一个绿袖章的——就是职业罪犯——嘴巴太大，他就会收到一张字条让他去医院。那边给他打一针，一切就结束了。"

"那边的状态比这边好很多吗？"汉斯问道。

"在布痕瓦尔德不存在安排一说，只有从党卫队仓库集体盗窃才对大家都有利。一个从厨房偷东西的厨师被当场射杀，还有一个拿香烟换面包的人被重重地惩罚了。"

奥斯维辛可不一样。在这里每个人成天都只想着怎么尽可能多捞些东西，而这经常要以牺牲同志为代价。点名之后的那几分钟空闲时间，就完全是一个黑市。

"布痕瓦尔德的妓院被政治犯抵制了，至今还没有一个荷兰人去过，"布痕瓦尔德人声称，"这边不一样，只要不是犹太人，谁都可以去妓院，物尽其用。男女之间的非法肉体交易在比克瑙这里就是纯洁的卖淫。"

汉斯觉得这话不对，说道："你不能把正常社会里的规则用于营地的情况。如果一个女孩用身体换取一块面包或者一升汤，你不能太严苛地评价这事。"

"妓女不也是这样吗？"布痕瓦尔德人说道，"一个女人谈恋爱的时候被搞大了肚子，生了孩子，而男人不闻不问的事还少吗？然后她被各种圈子排挤在外，为了给自己和孩子挣口饭吃，就只剩卖淫一条路了。"

每天几乎都在催促中度过。汉斯被分到了一个建筑小队。人们无休无止地排队搬石头；有时候是铁轨的枕木，有时候是沉重的铁块，把你肩膀上的皮肤磨得没一块完整的地方。倒是不怎么挨打。实际上已经没有什么惩罚小队了。偶尔打一下踢一脚还是有的，但是已经极少有人在干活的时候被打死了。

一年以前的情况可谓大相径庭。汉斯在干活的时候听一个希腊人充满自责地讲述过，当时他的一个同伴被打得半死的时候，他还上去补了几脚。那时候营地里的规矩是，死人不能躺在点名场上，要被带进里面去。这样他就可以和一个朋友一起把尸体搬走，休息半天。有一次，这个希腊人躺在医院里，旁边是一个病重的，似乎已经失去意识的人。他拿起那个人的面包打算吃光，这时候那个可怜人忽然开始叫喊。如果偷面包被抓到，这个希腊人会被打个半死的。所以他把手盖在了那个人的嘴上，见他不愿闭嘴，就一直按着，直到那个人窒息。汉斯问布痕瓦尔德人，从他高尚的营地道德伦理出发，怎么看待这件事。汉斯觉得，在营地里，为了生存，什么手段都是允许的，牺牲同事除外。

一个荷兰天主教徒，也是名医学生，加入了这场谈话："我的耶稣会信徒给我举过一个例子，两个男人坐在一条木筏上，但是木筏只能承得住一个人。一个人把另一个推了下去，那个人淹死了。这算有罪吗？不，因为如果不死掉一个人的话，他们就都活不下来。"

汉斯觉得这种伦理太投机了，但也是可以接受的。不过这个例子并不适用于那个希腊人，因为他并不是要靠那块面包来救命的。那样的话，他可能明天不得不为了面包再杀一个人，后天再杀一个。如果事关"你还是我"，每个人都会选择"我"，但是营地里不是这样。你可以牺牲他人来给自己争取利益，但是你救不了你的命。而没有任何一种道德伦理——不管是基督教义还是人文主义——都不会赞同把自己的利益建立在别人的痛苦之上，那个希腊人的做法是无法狡辩的。

他们不会经常聊起这些，因为一旦工作做完，小队召回，就要开始点名了。点名有时候半个小时就结束，但是通常会持续两个小时或更久，不管是春风和煦还是下着大冰雹。点名之后，排成长队拿面包，然后经常是各种检查：检查衣服，看看这些条纹"晚礼服"上有没有缺一颗扣子，鞋子干不干净，泥土有没有被擦掉，等等。

如果单独考虑每个因素的话，在这样的劳动小队还是可以生活的。工作繁重，但是也可以坚持；被打很疼，但是你不会被打死；面包和汤只有零星的一点，但是你还是可以过着懒散的生活。

可是这些因素结合在一起的话：繁重的劳动，经常被打，食物又稀少，那就让人难以承受了。还有最可怕的：无法休息。工作、点名、检查、领饭，最后还要和来自整个欧洲的八个不同的人挤在一个窝里，还要对付虱子和跳蚤。打瞌睡，醒来，挠痒。然后调整自己，悄悄躺下。让那些跳蚤爬吧，再次睡着，再次醒来。和旁边的人吵一架。然后把腿挠破了，你摸到了血，然后发誓，可不能再挠了。但是，还是接着挠！疲累却无法休息，感觉真是惨透了。

晚上你得出去，有时候要出去三趟，那是因为喝了汤，以及心脏开始无力。然后你要爬过三个人，再走几百米到厕所，其实就是一块平地上打了四十个洞罢了。外面有守卫，防止有人在野外撒尿。被抓到可是要被拿棍子打的。

你的邻居可能更实际一点。一个巴尔干的农民，偷偷地顺了一个碗，这样晚上就不用出门了。但是谁明天还愿意用这个碗吃饭呢？不行，心理上过不去。那就还是走200米路吧。

早上四点起床。脱衬衫，洗澡。几滴水，没有肥皂，用衬衫擦干。有时候你都挤不到喷头下面。可能你在路上还能找到一泡雨水。然后——天还没亮呢——出勤、分配小队，然后站很久很久，再和小队一起出发。大囚监在大门处叫道："建筑小队693人。"好可怕！要是人太多，比如只需要660个人就够了，那么党卫队上级突击队队长就要裁掉33个人，随机裁掉，这些人就被放到一边。从来没人再见到过他们。

你能看见的是火焰，那是火葬场的烟囱里永远燃烧的火焰。从白天到黑夜，那火焰永远提醒着你那边有人被焚烧。那是和你一样的人，有大脑，有心脏，他的鲜血——多么奇特的液体啊——随着由血管搭成的无边的网络，充满生命力地涌动着，直到最末端的纤维，最小的细胞。真是上帝的神奇造物。

有时候是阴雨天，烟雾笼罩整个营地。空气中充满灼热的烤肉味道，像是锅里没有放油就烤的牛排。那空气就是你的早餐，反正你也没有面包了。之后你坚持不下去了。你疲累，受够了自己，想到自己就觉得恶心，因为你是一个人，而党卫队队员也是一个"人"。

五个星期之后又来了一封信："我找到你了！一个给你们营的厨房送劈柴的人发现了你。我要和营地医生说一下。再坚持坚持。"

又过了一个星期，营区秘书才来接他。他在行政楼里签退之后，回到了奥斯维辛一号营。

9号楼早已发生了巨变，换了一个新楼长。

上周营地医生来了，挑出了朝圣者。第二天，车子来接这些倒霉蛋的时候，少了一个人，一个意大利犹太人。这引起了巨大的骚动。晚上那个人自己回来了。他被派去建筑小队了，一整天都在扛水泥袋子。劳动结束后，工人们还赞扬了他工作卖力。他只是想证明自己不是朝圣者，他还是有力气好好工作的。

第二天营地医生又来了，他并不认可这种逻辑。于是他直接让人把这个人带走，并把鲍尔叫来。这种事出在他的楼里，简直是桩丑闻。他不该把那个犹太人痛打一顿吗？但是鲍尔很固执，尤其在他爱上了一个犹太女孩之后，他对营里的犹太人产生了深深的同情。

"我不打病人。"

营地医生怒吼起来："你这个贼子真是言行一致啊，他们就是犹太人的朋友、败类、肮脏的红野猪。"医生大人一巴掌招呼在鲍尔的脸上。两下，三下，直到血从他的嘴唇里流出来。

半个小时以后，新楼长来了。他叫斯洛宾斯基，波兰人，以前是21号楼的门卫。他以粗暴、讨人厌而闻名。他非常难对付，检查床铺时，要是看见一根稻草就大呼小叫，一直逼到所有人都做到无可挑剔为止。

但是几周之后，他爱上了隔壁10号楼的一个女孩。从那时候开始，他就每天都坐在窗前。护士又打起瞌睡来，便让值日人员——康复了的病人——做所有的工作。

汉斯回来的第二天，就和锅炉小队一起去了10号楼。弗里德尔和汉斯都因为他顺利度过了这段冒险而开心无比。

"你是怎么做到的？"汉斯问道。

"很简单，我去了营地医生克莱恩那里，跟他解释了之前发生的事，说了你是我的丈夫，他就把你的编号记下来了。"

"真是无法理解：这条老狗和上周做完第一次分选之后就把鲍尔踢出去的是同一个人。这个月初他在比克瑙，他在那只用了两天就把所有的捷克营全清干净了。1000个人被送上了劳力运送列车，5500 个人灰飞烟灭，都是年纪大的男人、女人和儿童。"

"你常能看到，年轻的党卫队队员不怎么和你说话，但是老人，那些犯过罪又残忍的人，有时候还有点小小的人情味。就像这次你的事一样。"

"我不认为这个可以为他们开脱，"汉斯严肃地说道，"相反，那些年轻人从骨子里就是这样长大的，他们自己并不知道别的道理。但是恰恰是那些老人，比如那个营地医生，从一些小事情还是能看出来以前的教育在他们身上的残留。他们以前受到的教育不同，所以还能保留自己作为人的一面。所以他们比那些年轻的纳粹更可恨，因为后者从来没见过以前的美好日子是什么样的。"

他们又聊了一会儿。弗里德尔告诉他注射疟疾血液的事情，女人们通过人工方式得了疟疾，于是发起了高烧。

现在来 10 号楼比以前要容易一些，待在这儿也不再那么危险了。

时常会有大批波兰人被送走，于是犹太人有机会可以给自己找个舒适点的位置。他们可以在更衣室和摄影室工作。有时候还有几个人能去厨房，犹太医生也不会只做最肮脏的活，事实上也会做一些真正的医疗工作。现在犹太人也可以以某种工作的名义去 10 号楼，而以前这些美差都是波兰人留给自己的。

一方面他们因为波兰人的离开有了好一点的生活，但是另一方面他们的担心也越发多了。波兰人被送走了，甚至连德国人也是。德意志帝国人，只要不是政治犯，就被收纳进党卫队了。这一切显然都受到了前线不断向后撤退的影响。

此刻——1944年夏天，俄国人已经到了拉多姆，伦贝格和克拉科夫的中间地带。那里离奥斯维辛只有200公里。再进行一次进攻他们就可以到达营地了。那时候，这里面住的人会怎么样呢？

坊间流传着不同的猜测：他们会把营地清空。但是这可没那么简单，因为虽然现在的占领力量已经大大削弱了，可整个奥斯维辛集中营还是有12万名囚犯的。据其他人说，他们全都会被灭绝。很少有人会乐观地相信德国人会把这些见证了他们罪行的人活着交到俄国人手上。

于是，人们生活在越来越紧张的混乱之中。

这一切在七月份达到了高潮，"元首死了，国防军和党卫队到处争斗，将军们夺取了政权"，这种谣言还从没有如此肯定地散播过。

但是尽管传言说甚至可能明天战争就会结束，新的德国政府在和同盟军协商，党卫队还在坚守岗位。但是以前从没有什么谣言具有这么多事实背景。几天之后，他们才在一张已经过时的报纸上读到——非犹太人可以订报纸——冯·维茨勒本事件是怎么完结的。

不，营地里流传的谣言总是夸大其词，但是你肯定总会知道确实是有事发生了。尽管我们很难找出这些事实到底有多少是真实的。

10号楼也是这样。10号楼要搬家的说法已经流传半年了。营地旁边几百米的地方新建了一个军营区。现在住在那里的是党卫队，还有一座楼会留给10号楼。

即将到来的分离让人越发恐惧。但是什么都没发生，直到八月份谣言变得更加确凿。五座新楼将成为女子楼，10号楼的人会搬过去，还有那些比较好的妇女劳动小队，比如那些给党卫队洗衣服的，或者是在武器工厂工作的人。

搬家的那天突然就到了。女人们在外面集合，站了好几个小时，点名、点名、重新点名。没有人知道她们在等什么，但是她们很开心。周围没有什么党卫队队员，她们可以聊一会儿，再多聊一会儿。这次告别成了这一年里最漫长也最平静的一次对话。

"在新的楼里会发生什么呢？"汉斯问道。

"我觉得他们会继续进行实验。这周他们在10号楼的工作都在高压下进行。有人说，一次都没有接受过注射的人，不可以去新楼，所以这取决于克劳伯格和戈贝尔的名单。工作人员也不能被豁免。"

"那你——你是怎么逃出魔掌的？"汉斯问道。他十分害怕弗里德尔会给他那个他一直以来最害怕的答案。她从未放弃过可以活着出来的最后希望，如果弗里德尔接受了注射，她可能就永远不能生育了。

她看到了他的恐惧。"还没有参加过实验的护士和其他工作人员一共有 34 个人。我们所有人都要去克劳伯格那里解释为什么还没有轮到我们，以及被告知我们什么时候要来参加。谁拒绝，谁就会被送去比克瑙。当我站在他面前时，我说当时我肾盂感染了。

"'好吧，'他说，'那么现在就不能做实验了，这是有生命危险的。'还好没人检查我，因为肾盂感染已经是一个月以前的事了。"

令人惊喜的是，她恰好就说了那么一件事，就中了。她是个外行，可是她的直觉真是好。

快到下午时，女人们出发了。他们不能再想见就见了，但是在新营区里工作的男人将帮他们传递信件和包裹。弗里德尔将尽可能多地来营地看牙医或者看放射科医生，这样他们还是可以尽可能见面。

大多数男人对自己妻子的境况还一无所知。有些人，比如艾力，知道自己的妻子已经死了，但是还有些人知道自己的妻子在隔壁的营地——比如比克瑙，却从来没有机会联系她们。所以他们也无从抱怨。

点名之后，他们走在比尔肯大道上。天气依然很热。再过一会儿这边会凉快下来，但是营里的囚犯还都在楼里等着拿面包呢。所以比尔肯大道上现在只有几个重要人士和护士。瓦伦丁医生和曼斯菲尔德教授坐在一张长椅上。瓦伦丁向汉斯招呼道："你现在正常点了吗？"

汉斯并不知道自己什么时候表现不正常过。他们坐在草坪上，挨着老同事。"我伤心是很正常的。"汉斯觉得。

"看你拉着张脸，一天天的。你还有什么抱怨的？你肯定会再找到机会和你妻子联系上的。"

"哦，对，但是肯定不像现在这么方便了，而且要是她有什么问题，我也帮不上忙。"

"会有什么难处呢？"教授问道。

"当心着点，教授，"艾力答道，"他们现在还是很有能力的。首先那座新楼里有两间放射室，他们可以比在 10 号楼时更大规模地开展工作。再者，您可能也听说了她们要参加的新的控制实验。新楼里有一排房间，是用来把男女放到一起的。这样你就可以评估绝育方式好不好。"

汉斯不信："得了吧，他们只是那么说而已，他们还整天说犹太妓院 9 月 1 号会开张呢。"

艾力想，这两个谣言应该有一个共同的原因。"或许这些检查也会在类似普夫的妓院里进行。"

"嗯，我希望没人愿意用妓院。"

曼斯菲尔德教授再次加入谈话："别瞎说。他们要是打算尝试这样的事情，你是没机会阻止的。"

"他的妻子完全没接受过注射。那还有什么可以检查的？"

"哦，那也说明不了什么，"教授接着说道，"你在我们这些大人那里是找不到什么逻辑的。他们做的实验本来就没逻辑也不成系统。他们完全就是异想天开。看上什么，就试试。在柯尼希叙特的营，上个月党卫队上级小队队长把三个男人和三个女人在一个屋里关了好多天。他把他们的衣服全脱光，并且仔细地观察他们都做了什么。他把第一个男人喂得饱饱的，让第二个正常吃饭，第三个什么都不吃。他想看看食物对性能力的影响。就连小孩子都知道，这完全是无稽之谈。"

汉斯表示同意："确实，完全是个人的异想天开。就拿那个安眠药实验为例吧。上周19号楼来了一个党卫队队员，找出来三个男人，给了他们一包粉末，冲在咖啡里。过了一会儿他们睡着了。两个人再也没醒过来，第三个人36个小时之后醒来了。我也能想到为什么会出现这种'实验'。那个党卫队队员显然还在冯·维茨勒本事件的震惊之中，晚上睡不着觉，在药柜里面找到了一些从'加拿大'拿来的粉末，但是又不太敢吃。那就找几个囚犯做个'科学实验'吧。"

艾力插话道："这种实验你也分析，真是无聊。浪费时间。柯尼希叙特的实验只是满足了那些人想要观看别人性生活的无耻愿望罢了。这和10号楼的实验比起来还是有区别的。"

"你错了，先生，"教授反驳道，"所有的这些德国人的实验——对，可以说是从1933年以来整个德国科学，要是从人的角度和科学角度来看，没有一点好的。当然这里有一个重要因素是所有犹太学者都被赶走了。在德国科学史上，犹太人和外国学者的数量格外多。而且很多波兰人也被算作'德国'学者。为了德国的伟大，政治宣传的时候把哥白尼都据为己有了！"

"要是希特勒没有把犹太人赶出去呢？"

"那德国科学可能也不会有那么多的成就。科学的含义在于研究和结论。德国已经提前做出结论了。这结论必须和国家教条是一致的。只要是纯粹关于科技发明的，比如战争工业或者医疗领域，不管什么研究结果，都很容易被接受，但是一旦有德国学者进入历史或哲学领域，他就必须提前知道他的实验结果是什么。如果他愚蠢到得出了与国家社会主义学说相悖的结论，那么他很快就完蛋了。"

"我非常理解，教授。但是回到我们的女人身上来，现在不就是纯粹的科学研究吗？那不应该好好进行吗？"

"科学是一个为人类社会造福的系统。因此大规模的绝育实验绝对不可能是科学的。因为德国的科学研究不是为了全人类，而是为了德国种族。况且，您看看现实情况吧。起作用的都有谁？

克劳伯格、戈贝尔、盖世太保，还有萨缪，他们只想保住自己的脑袋。实验是由一个党卫队上级小队队长执行的，他对实验本身一无所知，他的权威是靠以前卖牙刷得来的。不，先生，违背任何人类原则的实验都和科学无关。如果以前我实验室的助手像这里对待女人那样对待他的实验动物，我会亲手把他赶出去。"

曼斯菲尔德的论述给人留下了深刻的印象。但是他还没怎么说话，9 号楼的传达员就来喊他们了：他们要马上回到楼里。整个楼今晚都要搬去 8 号楼。

大家忙活了好几个小时，拆柜子和桌子，把药品打包。还好又来了一条新的消息：明天再搬。

又是一天的忙碌，和病人一起搬稻草铺还有床。

8 号楼是一个又脏又破的隔离区。搬进 9 号楼和 10 号楼的是吉卜赛人，全家一起，男人、女人，还有成群的孩子。他们是不知出于什么原因从比克瑙逃出来去到其他德国营地的幸运儿。因为吉卜赛人的处境和犹太人没什么两样。他们组成很多小群体，在欧洲各个国家的社会地位并不如犹太人。他们在比克瑙也是要被"灰飞烟灭"的。

另外，越来越多的证据表明，对犹太人的迫害本质上并不是什么"针对犹太裔世界富豪的反资本主义斗争"。

党卫队是仇恨的产物，镇压反抗纳粹的德国人民和与他们有关联的各族人民。他们打着种族净化的口号，将他们的方法论用在了犹太人、俄国人和吉卜赛人身上。

挨着费吕韦的埃勒科姆营地，格但斯克的施图特霍夫，正式名称是"党卫队训练营"。在这些营地里，党卫队鼓吹种族纯化，在犹太人、俄国人和吉卜赛人身上练手……在集中营里，党卫队队员们的施虐欲望被唤醒，并得到满足。而且正因为他们有机会获得这种满足感，他们一直是希特勒温顺的追随者。

一个星期后，他们把营区整修打扫了一遍。病人们躺在还残留着之前的人的秽物的床单上。他们穿的衬衫每个月会消毒一次，但从来没洗过，所以血渍变成了棕色，黑色的是跳蚤的痕迹。但是一眼望去一切都得是干净的，地面闪着白色，床也被新刷了。因此这一周过得很"贵"，可你其实什么都得不到，因为那些刷床刷门的涂料都是用面包和黄油买的，那是从病人们的配额里抠出来的。

可惜，第九天又来了新的吉卜赛人，8 号楼的人又被搬到 7 号楼去了。现在营里已经有了 2000 个吉卜赛人，这一规模前所未有的大。奥斯维辛一号营一下子成了"差"营。三个吉卜赛营区周围绕了一圈电网，并且总有两名哨兵站岗，但是这也阻挡不了人们在电网边热闹地进行交易。

吉卜赛人分到的面包比其他人多，他们就用来买香肠和土豆，那都是营里的普通囚犯偷运进来的。

面包于是就"贬值"了。一开始一块面包可以买12个土豆，现在只能买到7个。吉卜赛人那边每天都是载歌载舞的。围栏边的男人们望眼欲穿，直到哨兵把他们拉走，甚至还会因为工作时间在营地瞎晃而被处罚。但是一到晚上，天黑之后，一切就变得疯狂起来。营地外的男人们闯进了吉卜赛营区，很多吉卜赛女人从自己的铁丝网里逃出来，给楼长和囚监（他们在工作区里通常有自己的房间）的生活增添点愉悦，顺便填饱自己的肚子。顺便说一句，没有房间也无所谓，只要有点吃的喝的就行了。

夜里突袭来了。党卫队把整个营区里所有床上的女人都找了个遍。受害者可不少！每天早上铁丝网都要被重新修理。汉斯不喜欢这种混乱。你越是看到吉卜赛人的娱乐活动，就越发想念你在营里失去的东西，越发觉得凄惨，感觉自己像被活埋了一样。他对吉卜赛女人没什么兴趣。

以前他和弗里德尔在窗前聊天的时间，现在被用来和楼上的同事，或者和福莱达教授聊天。福莱达教授是一个阿姆斯特丹的经济学教授，一个星期前住进了医院。这个老人是随着最后一批从荷兰运送过来的。机缘巧合，他下火车时被分到了幸运的一排。在奥斯维辛他被分到街道建设小队。一整天拖着小货车，他坚持了几周便熬不住了，住进了医院。因为他为人友好谦虚，很快就在医生们之间备受欢迎。他们觉得"荷兰教授迷人得不得了"。但是对汉斯来讲，他是个需要很多照护的人。

早上，钟还没响，人们就已经挤在7号楼对着8号楼那面的窗户前，看那边的女人洗漱。然后楼长过来把每个病人赶回床上去。但是楼长不会去护士房，于是护士们和衣衫半褪的吉卜赛女人们比画着色情的手势，自娱自乐。

就算是圣安东尼，在这里也会向诱惑臣服，汉斯偶尔也会望向对面。但他每次只是匆匆一瞥，因为每次看到那些女人时，他只会加倍思念弗里德尔。

他们两人的交流并不顺利。克莱勃斯，一名荷兰牙医，已经因为给女人送信而蹲了好几天地牢了。那里面也有一封汉斯的信。审讯的时候，克莱勃斯交代那是一个丈夫写给自己妻子的信，没有什么特殊内容。克莱勃斯是为数不多的重要的荷兰人，他很走运，因为他有他的上司，牙科诊所的党卫队上级突击队队长的帮助，这件事情很快就被平息下去了。

弗里德尔来医院看病也不太顺利。每个星期三如果女孩们要去医院就诊，她都跟着一起来，但是每次现场都有一个卫生员。那是一个挺恶心的罗马尼亚人。外国的党卫队队员总是比德国的更刻薄。他不让这些女孩好过，检查时站在女孩的正上方，之后经常带着一个女孩一起消失在楼上，去验光室或者药房。

这时候青年们就抓紧机会和他们的妻子说上几句话。汉斯、马泽尔，还有德红德，暂时被第二个卫生员放了进来。弗里德尔讲了关于新楼里的事情。由于没有实验，女孩们被分到各个劳动小队去了。她在裁缝铺值夜班。情况也不怎么好：12个小时连续待在阁楼里，在灰尘中缝那些破旧的衣服。要是没有完成她分到的那包就会挨打。她受不了那灰尘，咳嗽得越来越厉害。不消片刻那个罗马尼亚人又回来了。他喝了酒，嘴里不干不净地唠叨了几句，把男人们都赶了出去。

他何时能再见到弗里德尔呢？他得想点更好的主意。星期三就那么过去了。星期四所有吉卜赛人都离开了，星期五又搬家了。

他们搬回了9号楼，场面惨不忍睹。

第二天早上：营地医生来了。他没有去还是一团混乱的大厅，而是径直去了楼长的房间，在那里和首席医生聊了几句。等他走了，齐里纳就让所有医生到流动医院来。

所有病人的名字都要做成一张名单。医生要在名字的后面填上这个病人能不能出院，或者他还需要在医院里待多久，一周、两周、三周，还是超过三周。大家都很惆怅，因为他们知道这背后是什么丑陋的勾当。一时间大家争执不下，一个病人既可以继续病着，又不会有去毒气室的风险，这个界限在哪里。

汉斯和福莱施纳——治疗福莱达的法国同事，就教授的命运谈了很久。说他没病是不行的，那样的话他会立刻被要求出院，但是他出了院连 100 米都走不了。但是他们也不敢写"超过三周"，因为那意味着他的人生就结束了。更糟的是，营地医生拿来了所有人的病历卡，所以他们也没法瞒过教授。

齐里纳被叫来一起帮忙。他们决定写三周。在汉斯这一生中所做的决定里，最让他最后悔的，莫过于这一个。

第二天，病历卡被统一送了回来，唯独少了需要在医院住两周以上的犹太人的病历卡。这些人第二天将被带走，送到比克瑙纺织厂的一个轻松点的劳动小队干活。比克瑙纺织厂是"世界上最大的工厂"，已经有几百万人被打着这个幌子送到毒气室了。

星期天早上，齐里纳给汉斯放了假。街道建设小队的囚监是雷恩·桑德斯的朋友，收了他一盒香烟——那是一个波兰患者赞助的，并受他所托把汉斯保出来。30 个人去新的女子楼工作，汉斯被安插进去了。

他不是唯一的一个。周日工作小队的人里有一半都对女孩们感兴趣。党卫队队员们还没有发现这个小伎俩，所以他们可以没什么顾虑地在女营里走动。囚监说，只要他们身上带几块石头或者带把铁锹，要是党卫队队员或者女监工过来的话赶快干活就可以了。

很多小伙子都和他们的心上人消失到不知道哪个阁楼去了。但是弗里德尔对这种"偷偷摸摸的爱"没什么感觉。他们站在她的楼门后，无人打扰地聊了很久。汉斯说了福莱达的那件事。

"这也没办法，"弗里德尔安慰他道，"你当医生的时候，如果没给病人开对药，一般来说人们也不会苛责你。但是他们还是期待你应该做好本职工作的。现在这种情况，也是情有可原的。"

确实如此，汉斯努力平复着他的自责。

第二天来了两辆车。汉斯感到很痛苦。福莱达教授走了，他曾是阿姆斯特丹大学校长，威廉明娜女王的导师。他和汉斯握了握手，向他的所有子孙问好，如果汉斯能活下来的话。

"但是教授，您会亲眼见到他们的。"

不然他还能说什么？他不敢直说，只能对比克瑙即将发生的事撒谎。

这时，来了一个党卫队队员，将教授赶上了车。一位德高望重的荷兰学者穿着肮脏的衬衫，踩着木头凉鞋，登上了去往毒气室的卡车。

你永远也不知道党卫队队员都想干什么。你看到的最大的矛盾是这样的：早上，调遣上千个人，把他们分成五排，做一整天可以累死人的劳动，让他们忍饥挨饿，饱受毒打，然后在大门口有一个由 50 名囚犯组成的军乐队在演奏。医生们今天需要列张单子写出需要额外食物的人，名单交上去的第二天，这些营养不良的可怜人就要被拉去毒气室了。

犹太女人是劳动奴隶，经常被打。但要是党卫队队员有需要，他也会用一用犹太女孩。"你要是敬酒不吃吃罚酒，就休怪我动粗了。"

如果一个囚犯"安排"面包被抓，他马上就会吃一顿棍棒。但黄金和钻石交易，还有屠宰场（一次十四头猪）则是经党卫队之手的。

1943 年的秋天，在卢布林的马伊达内克集中营，发现了一起破坏阴谋。于是党卫队决定在一天之内将 18000 名犹太人全部收拾干净。他们挖了一个巨大的方形散兵坑。在方形坑的一边，人们把衣服脱掉，然后走到角落，在那里被枪杀。机关枪的声音和受害者的哭声被五个乐团的演奏声淹没了。

营地医生克莱恩是分选专家。一个晚上，所有营区居民都要在老洗衣房赤身露体，排成纵队经过主管助理面前。他们在外面的比尔肯大道上脱掉衣服。入口处站着几个楼长，过来一个人就推一下。被门槛绊倒的人的名字就被记下来，那就是个朝圣者。昂首挺胸大踏步经过先生们的，就被放行。这样他们找出了大概 1000 个人，把他们关在一座空楼里。到了晚上，所有非犹太人被释放了。犹太人第二天在 8 号楼和 9 号楼之间排成纵队见营地医生。营地医生来检查这里是否还混杂着一些有力气的人。他和营区主管霍斯勒快速交谈着，通常背对着长长的队伍。他时不时转过身，随便揪出一个人，这人就在千钧一发之际侥幸得救了。

那时候营地的两座楼——22号和23号——是被电网包围着的。应该会有妇女住进来。人们在23号楼里建了一个小的流动医院。

弗里德尔的状态看上去越来越差了。在裁缝铺的夜班生活让她难以坚持，她咳嗽得越发厉害，还时不时地发烧。于是汉斯决定去找营地医生，问问能不能让她来新的流动医院当护士。

楼上大厅里的首席医生瓦伦丁觉得他疯了，太鲁莽。营地医生可能会"一拳打在你脸上"，也可能因此把他赶出医院，分配到干重活的小队。你妻子在这里的事你都不应该知道，更何况去和营地医生谈论这事了。

但是汉斯希望此次会有所不同，希望党卫队官员内部也不都是一个德行的。确实，同一个人，一边可以杀死几千人，就因为他们病弱；一边却觉得可以把弗里德尔从裁缝铺转到23号楼的流动医院来，"因为那些旧衣服里的尘土让她咳嗽"。

在那次令福莱达教授遇难了的大分选之后，医院里空了一半。护士们开始害怕了。"要是再来一次这样的分选，他们肯定会清理掉一批护士的，现在护士人数太多了。"

随着危险逼近，人们突然开始觉得自己要做英雄了。以前"被任命"的时候从来没有人想过反抗，现在他们觉得不应该就这么轻易屈服。有一天晚上，楼上的捷克医生克莱夫那把汉斯和艾力·珀拉克叫了过去：

"营里有一个组织。细节我当然不能告诉你们，但是我们楼里有15个人是听我指挥的。你们想加入吗？"

"或许吧，"艾力说，"反正我们也没什么输不起的了。"

"那么，如果要是有事发生，我就会叫你们其中一个人过来下达指示。接下来你就知道发生什么事了。"

事情从未到这一步。大概一个星期之后，下来了一道命令：9号楼被取消了，病人和护士要搬到19号楼去——那是另外一个病号区，也空了一半。汉斯所在的房间得以保全，齐里纳依然是首席医生。19号楼的楼长是赛普·利特纳：一个大块头，共产党人，在营里已经待了八年，却依然保留着阳光开朗的维也纳式幽默。普鲁士的专政并没有让他身上的"维也纳的血"冷却下来。汉斯从来到奥斯维辛就认识他了，他们是要好的朋友。现在好日子开始了。

在19号楼里，汉斯升级成了一名重要人士。大厅医生奥科斯基被运走了，而齐里纳现在负责诊治非犹太病人，对汉斯也放任了一些。

现在他开始诊治病人，也就不用干脏活了，另外他和人们的关系紧密了许多，从他们包裹里收到的东西比以前多了许多。

每天他都去找弗里德尔，把他得到的宝贝带给她。她已经回来了，和他在同一个营地里。当然，这很危险！最先前的几周，已经有两个人因为晚上想在围栏边和女人说话而被射杀了。星期天晚上死的是一个 18 岁的男孩，他发现了他失散半年的姐姐。但是骗子的骗术越高，反而逍遥法外的时间越长。怀着这种侥幸，汉斯每天英勇地穿过通往 23 号楼的围栏。他腋下夹着一个瓶子，或者一个血压计。有时候他和同事一起抬上一台体重秤。越显眼就越好。要是有党卫队队员问话，他们就说自己是要去妇女流动医院执行任务的医生，等等。

唯一的危险是卫生员，那个罗马尼亚人。他当然知道汉斯根本就没有什么任务。有一次，汉斯和弗里德尔聊天的时候，被他撞见了。他威胁汉斯要把他踢出门去，但是也就到此为止了。新年过后不久的一个周日，阿福隆斯·柯莱特来到了汉斯跟前。柯莱特是负责消毒的新囚监。他是个西班牙人，是政府的忠实拥护者，为了躲避佛朗哥[1]而逃走了。他在法国落入了德国人的手中——才出狼穴，又入虎口，就这样来到了集中营。在奥斯维辛，他是一群西班牙人和"西班牙共产党人"的中心，还有一些在内战时志愿为政府一方战斗的德国人，被佛朗哥转交给了希特勒，于是也被送到了集中营。

"你要一起去 23 号楼吗？"柯莱特问道。

"你准备了什么借口？"

"没有人盘问我。对了，明天我在 23 号楼的弟兄们要消毒，所以我想今天看看该怎么办。"

柯莱特是萨拉的朋友，萨拉是 23 号楼楼长的副手，一个比利时人。中午喝完了汤，他们就出门了。整个下午他们都坐在 23 号楼的楼长室。他们畅所欲言，十分尽兴。后来又来了一个厨房的囚监，带了一瓶杜松子酒，他和楼长有过一段恋情。

文员站在围栏边，如果有党卫队队员来到 23 号楼就通风报信。那些从劳动小队收工，想在星期天下午的闲暇时间去围栏旁边看女人的工人都被打走了。但是哨兵也没想到会有像柯莱特和汉斯这么大胆的人。

"偷五十万荷兰盾可能比偷五毛钱更安全。"柯莱特这样告诉新来的犹太营长。

1　西班牙的法西斯主义独裁统治者。

自从波兰人都被运走，德国人大部分都被党卫队接收后，营里就只剩犹太人了。他们甚至指派了一名犹太营长，但是两天之后这人就疯了，变得病态般地傲慢。第二主管助理卡杜克进屋的时候，他正躺在床上。卡杜克命令他起床，但是犹太营长说自己没打算让卡杜克给自己发号施令，因为他是营长，不是给主管助理跑腿的。他们大吵一架，现在营长被关在地牢里了。

　　女人们真心笑了起来，因为对这样一个集中营里的人来说，这段历史可真是好笑，一个"囚犯"——就算他是营长——竟敢这么和主管助理顶嘴。

　　但是汉斯更明白："这段历史一点也不好笑。柯莱特讲的只是党卫队的官方意见，但实际上完全不是这个情况。红十字会给营里寄来了包裹，德国人得要一个囚犯代表的签名，证明包裹已分发。营长拒绝了，因为从来没有囚犯收到过任何东西。现在他关在地牢里，肯定是无法活着出来了。"

　　厨房囚监的杜松子酒的吸引力看来比营长的悲惨命运更大，于是大家还有点兴致。他们六个人坐三把椅子，好像礼仪仅仅可以允许他们这样做。但是这里的礼仪当然和之前家里的礼仪不是同一个意思。

　　弗里德尔过于沉浸在爱情里，话不多，但是萨拉总是滔滔不绝。她讲了上百次关于新年夜男人们带着一群人来到楼里的事。

她用一瓶杜松子酒买通了营房长。

汉斯确实知道这事。犹太人最近这段时间不仅可以被分到更好的劳动小队，有时候甚至能进军乐队。周围所有营地都把犹太音乐家送到了奥斯维辛。他们私下成立了一个摇摆乐[1]的乐队，全是荷兰人，因为乐队里演奏得最好的都是荷兰人，尤其是爵士音乐家杰克·德弗里斯和毛里斯·范科雷夫、莱克斯·范维仁和萨利·范德克罗特，另外还有鲍梅斯特剧院的负责人亚伯·弗兰克。汉斯和他们演奏过单簧管。新年夜他也去了，但是他直接就去了弗里德尔所在的房间。这不能让萨拉知道，当然也没必要让她知道。

萨拉喝了个半醉，继续絮叨着，现在在说桑拿的事。这桑拿是个大池子，里面有 200 个淋浴头。这个劳动小队可是所有小队里面最令人眼馋的一个。一下能看到的裸体女人比世界上其他任何地方都多，有时候有多达 1000 个人同时洗澡。在那里面工作的有些人真是浑蛋，他们在女人们中间追逐着，一点羞耻感都没有。用半包黄油，你就可以被分到那个小队工作一天。要是那天比克瑙的妇女过来洗澡，你就不走运了，因为那场面并不好看。满眼都是瘦骨嶙峋、营养不良的躯体，洗完澡后还和洗之前一样脏。

---

1 摇摆乐（Swing）盛行于 20 世纪 30 年代，经常采用 20～30 人的大乐队（Big Band）形式。摇摆乐最明显的特征是律动性强，非常适合跳舞。

但是如果来的是奥斯维辛的妇女，那些不错的小队的，那就……

最凶残的当然是去那里消遣的党卫队队员们了。他们会让女人们做体操，然后"检查"。楼里一个姑娘已经怀孕了。

弗里德尔和汉斯不像其他人那么忙。这样一个下午，一切都很美好，恰恰因为他们离对方这么近，渴望反而更强烈了，那是对自由、对家庭、对孩子、对生活的渴望。他们在这几千人里算是有特权的人了，可这也只是一种暂时的替代。

汉斯沮丧起来。他一喝点酒就会这样。弗里德尔尝试安抚他，她抚摸着他的脑袋，拿他的秃头开玩笑。但是他说起了未来，说起了之后的决定。昨天的报纸上第一次提到了俄国的反击。俄国人发起了进攻，德国人不得不"缩短战线，赢取时间采取必要的对策"。这个决定不会需要太久了。前线和奥斯维辛不过才150公里的距离。气氛变得更加紧张了。

紧张的气氛越来越强烈了。星期二晚上，报纸上提到了"克拉科夫区"。星期三，《克拉科夫报》已经不送了。越来越频繁的空袭警报，越来越频繁的断电，这无疑都是战争的结果。夜里有时候还会听到从很远的地方传来的沉闷的炮响。

星期三晚上，汉斯和艾力正在28号楼的流动医院工作。他们每周去那边值班一天。工作状况很惨，因为你只有几张纸胶带和一点药膏，可以用来包扎。想给病人开点阿司匹林，要先爬过一座官僚主义的大山，结果搞不好还是一无所获。病人自己有香烟或者黄油的话除外，那样他可以自己找流动医院的护士，那边有弄来阿司匹林的渠道。他去向党卫队医院工作的囚犯们买，因为那边的阁楼上有数不清的货品：绷带、药品、卫生用品，要什么有什么。这些东西囚犯们通过官方渠道几乎什么都得不到。但是汉斯口袋里还是有点东西的：一卷胶布和一些纱布。这些东西他要么是从19号楼的流动医院搞到手的，要么是自己买来给荷兰人包扎的。他还剩下些面包，毕竟不能全都给弗里德尔送去。

这样一来，他们周围很快就聚集了一堆荷兰人。在烛光下工作不太方便，乱成一团。流动医院里到处站着三两成群的人，忙碌地讨论着。疏散，被灭绝，还是向俄国人投降，他们围绕这个问题谈了许久。没人能得出结论，哪种方式听起来都不太可行。

晚间，女人们带着一个要做手术的病人来了。阿丽娜·布鲁达医生也在。她原来在10号楼当了半年楼长，后来因为拒绝参加一些实验而被撤掉了。她是弗里德尔的守护天使，所以汉斯和她也很熟。

一个女监工、一个营房长和女人们一起来了。但是他们看不得这紧张气氛，就让女人们听天由命了。布鲁达去找汉斯，问他男人们对时局怎么看。

汉斯不知道，但他很高兴看到了未来的曙光。

布鲁达心情低落。她见过的事情太多。她来自华沙，有多达 50 万犹太人挤在一处只能容纳 15 万人的贫民窟，这些人被陆续运走了。有一次他们在特雷布林卡一天就杀了 23000 人，估计这是党卫队的最高纪录。在马伊达内克他们杀了 18000 多人。那时华沙的犹太人发现无路可走，于是开始起义。那是 1943 年 4 月。

他们从周边的波兰人那里获得了武器，埋伏在贫民窟的老楼里。党卫队费了好大力气才冲进街上，当他们攻下了贫民窟之后，还有全副武装的犹太人在地牢和地下通道里到处藏着，就好像原来老城就这么多人一样。地牢的入口被伪装了起来，你要挪开一个水槽柜，或者在哪儿掀起一块挂毯才能找到。到了晚上，他们就偷偷地出来，让党卫队的领地血流成河。党卫队打不过这些地下行动者，只剩下一个办法：他们在所有的房子下面都埋了炸药，将它们夷为平地。

"只有几千人存活了下来，比如我，"布鲁达说道，"他们最后还是落到了党卫队的手里。华沙贫民窟的起义成了人民战争的一个榜样。起义一开始就注定要失败，50 万只有简易武装的犹太人赢不了希特勒的军队。还有几十万人被埋在了废墟之下，但是有两万个党卫队队员一起给他们陪葬了。"

当孩子开始哭泣，沉睡中的母亲也会醒来。尽管在睡眠时与外界的感官接触中断，但头脑仍保持警惕，尤其是当我们抱有期望的时候。夜里三点，钟声响起，几秒钟之后，整个营地都骚动起来。汉斯快速穿好衣服。他出去看到所有楼里的男人都出来了，集合点名。到底还是要清场了。外面非常冷，细小的雪花飘落下来。但是没人察觉得到这阵寒意。对每个人来说，这都是一个巨大的振奋人心的时刻，因为结局临近了。不管还会发生什么事情，奥斯维辛现在要结束了。

23 号楼和 24 号楼里还是一片漆黑。汉斯回到了医院。他走向赛普，问他他们要做什么。

"什么都不做，"赛普说，"还没有对病人下达指示。况且，我们没有衣服给他们。我不能让他们这么出去。"

赛普说得没错，汉斯就让人们安心待着。但是每个人都下了床，很多人在营里转来转去，寻找可以告别的朋友。

钟声响过半小时以后，开始点名。这完全不正常，但是那又能怎么办？点名结束后，人们就像每天早上一样，被分到劳动小队里。

五点钟，第一批人上路了。这是一些无关紧要的小队，比如建设街道或者掏河里的石头什么的。工厂和生活用品公司还留在这儿。

他们还在行进，谣言就已经传开了，一如既往地清楚反映了人们的愿望："有一半人被运走了，另一半留下来继续干活。那些机器都被拉走了，我们要在这儿等俄国人来。"

几排长长的农用卡车开了进来。他们装上从厨房的仓库里弄来的面包和蜜饯，然后跟着已经上路的车走了。

与此同时，23号楼的灯亮了。汉斯走到后面。现在没人关注是否有人站在电网边上了。但是该怎么引起人们注意呢？他用各种调子吹着口哨。后来他吹起了《布拉班人之歌》[1]，奏效了。比利时人打开了窗户，对，她会去叫弗里德尔。

1　比利时国歌。

"弗里德尔，能待多久就待多久！"

"不，亲爱的，太危险了。"

"听我的。"

他们没有达成一致，但是弗里德尔得走了，她在忙着找衣服。随后，灯一亮，汉斯就找机会进到楼里去了。

汉斯沿着正在出发的长队走了回去。他们冻得瑟瑟发抖，因为他们已经在室外站了几个小时了，而且身上几乎没几片衣服。那几片棉麻破布一点也不御寒。有些人裹了一件床单。但是很多人不敢，仿佛就算这些营地已经被废弃了，营地的规则依然要遵守。

19 号楼里的护士们集合了。赛普收到了指示。他们带着担架去更衣室，在那边给病人们发衣服。

八点钟，所有被分配的小队都出发了。天亮了，汉斯刚才正在往 23 号楼走，就迎面碰上了工头，他正在找护士给女子营区干活。那就索性打开天窗说亮话吧，汉斯问道可不可以跟去，和他的妻子告别。罗马尼亚人笑了一下。

看到他来，弗里德尔很开心。已经有一批妇女被送走了，人们在四处找她，但是她藏在了阁楼上，因为她还想和他告别。汉斯刚来了一眨眼的工夫，工头就招呼他过去，阁楼上有个炭烤箱，得拿到洗衣房去。

汉斯在心里咒骂着，但是不敢不从。他去阁楼拿了烤箱，这是个庞然大物，但是汉斯生气时偏偏喜欢搬重物。他一口气把烤箱拖到洗衣房，摔在那里。刚站着休息一会儿，就又看见工头带着几个年轻人来了。他们什么东西也没拿。所以就他一个人得搬东西，而不能待在妻子身边。这工头真是欺人太甚。那现在轮到他耍滑头了。工头和那些年轻人去了档案室取文件，因为要把所有东西都烧毁。汉斯趁机就跑了。等他再站到弗里德尔面前时，觉得自己有点不好意思。

"你真不想留下来吗？"汉斯问道。

"不，他们会把所有病人都杀掉。"

"太残忍了，我们能挨得过去吗？"

"没办法，汉斯。跟我保证，你一定要离开。"

他迟疑了一下。他答应了，但是同时觉得这是他第一次欺骗她，因为他对前路并不害怕。这时候门开了，是柯莱特。

"我告诉萨拉她要留在这儿，但是她不敢。"汉斯说他不懂这些女人怎么想的，但是现在无济于事。

这时楼里传来了吼叫声："所有人集合！"分别是短暂的，弗里德尔害怕自己会软弱。每次情绪翻涌，她都会赶快逃走。

在门前汉斯再次转过身来，但是她举起手臂，仿佛在求他走一般，她不想让分别变得更艰难。

那天没有发生什么特别的事，汉斯仿佛麻木了一般。两年来，他们一直并肩战斗。很多次都差点功亏一篑，但他们依然在对方身边。先是下火车时的筛选。然后是他在比克瑙那令人提心吊胆的一个月，之后是搬家到10号楼。每次他们都重新找回了对方，可是这次呢？

第二天一早，厨房的囚监带着一封信来了。"汉斯，我从昨天开始就在女子营区了。我觉得你说得对。留下来或许更好，每个人都想留下，但是那是不可能的。要是萨拉没那么傻该多好！我们隔壁的楼刚刚被清空了，他们用枪托把女孩子们赶走了。好吧，我会尽力的，亲爱的。坚强点，我们会再见到对方的。他们已经来了。再见了，我的小伙子。"汉斯读了一遍，又再读了一遍。她说的"如果萨拉没有那么傻就好了"是什么意思？他去找了柯莱特。

"我昨天拿了三套男人的衣服去了23号楼。给那两个叫萨拉的，还有弗里德尔。但是我家的萨拉不敢穿。"

汉斯怎么就没想到呢。这可是个好办法，穿男人的衣服，共同进退。"你现在要怎么办，阿福隆斯？"

"我们不走，任何情况下都不离开。你看吧，今天营里剩下来的人也会走，可能只有病人会留下。但是我们要藏起来，我不想半路死在雪地里。"

"你要藏在哪里呢？"汉斯问道。

"你要是能保守秘密的话，我就让你看一下。"

他们在消毒室的地下室里的一大堆脏衣服下面，做了一个藏身之处。地下室是水泥做的，上面的楼是木头做的。就算楼塌了，他们也还是安全的。看起来阿福隆斯的消息很灵通。

大约十一点钟，营长风一样地冲进营地："所有人集合！"连厨房工作人员都离开了。只有医院里还什么都没发生。党卫队显然已经不在这儿了，他们已经和运输队伍走了，从那一刻开始，整个营地都被洗劫了。

更衣室里的衣服被拿走了，财物室里的袋子被撕开了，每个人都挑最好的东西拿。厨房下面的库房被打开了，那些自己都走不动路的病人，坐在那里往嘴里猛塞肉罐头和酸菜。还有更厉害的：他们在地下室找到了伏特加。波兰伏特加和酒精差不多，只是稍微淡了一点，滚烫地滑过喉咙，一点味道也没有。

傍晚，第一批受害者出现了：酒劲儿上来了，上吐下泻，痛苦不堪，还有一些人横躺在街上，要么迷迷糊糊地倒在水沟里，酩酊大醉。这一晚真是不安生！

八点钟，工头带了几个亲信来了。所有能走路的人，都得准备好。几乎每个人都想走。只有波兰人得留下，他们全都表示自己实在病得没法动了。他们显然在盼望游击队的到来。大家无休止地讨论着能等到谁。

每座楼都得留下几个医生。19号楼留下的是阿克曼，一个非犹太裔的荷兰人，还有汉斯，比起运输中的危险，他选择了营地的危险。汉斯指望着柯莱特和他的西班牙伙伴们。

十点钟的时候，工头喊道："每个人都要出来。"接下来赛普做了个惊人的举动。他把门从里面关上，用身体挡在前面，对每个想要出去的人呵斥道："蠢货，就你那病恹恹的身子，到那冷风里去，你猜猜会怎样。要是罗马尼亚人来抓你，现在也还早着呢。"

但是罗马尼亚人没有来抓他们。工头只带了几个人，应付不了这种情况。他全副武装，头戴头盔，背上背着马枪，手里举着灯，一点都不舒服。因为他的好日子结束了。于是他完全没注意到19号楼没人来集合，所以赛普这一刻的坚决，拯救了几百人的生命。

医院的人走了之后，营里很空。三座医院里还躺了几百个病人，都是走不动路的，然后就是人满为患的 19 号楼，全都是病人，还有营里各种在赛普这里躲避的人。

夜里大约十一点，发生了一个意外。阿克曼和几个人去厨房拿生活用品。在厨房前面的空地上站着一个党卫队队员。他自然以为这些人是来厨房打劫的，于是没有警告就直接开了枪。阿克曼的腹部中了一枪，一个小时后便死去了。汉斯听到阿克曼的意外，感觉应该发生点什么事了，因为机会可能真的就在现在。

他去了消毒室。西班牙人正在争论不休。有些人建议在地下室躲藏，另一些人——包括柯莱特——更想逃跑。他们在一个库房里找到了一把冲锋枪，要是遇到一小撮党卫队队员，他们还可以抵抗。

他们决定让汉斯和柯莱特研究下情况。在能看到大门的 15 号楼处亮着灯。那是需要留守的消防队。他们从音乐厅拖来了一架钢琴，闹出来好大动静。就像是个怕黑的小男孩，大声唱着歌来掩饰恐惧。

他们承认形势岌岌可危，但是并没有什么新消息。俄国人还没到克拉科夫，在他们到达奥斯维辛之前，什么都有可能发生。

汉斯和阿福隆斯一出去，就听见大门口有声音。说的是德语，但是是一种听不懂的方言。他们从厨房边溜过，用一个小镜子观察角落，看见两个国防军士兵——两个年纪大的男人，在放哨。

他们溜回了 15 号楼，又走到大门口。

"晚上好。"士兵说道。

"晚上好，您是这儿的警卫吗？"

"对，我们一伙人住在附近的一座楼里。"一个士兵想要用培根买阿福隆斯的手表。阿福隆斯一边和他讨价还价，一边想从他这边打听到更多信息，这时突然来了一辆汽车。他们想走却已经来不及了，汽车里的人叫他们回来。那是党卫队上级突击队大队队长克劳斯，就是刚刚打死阿克曼的那个人。

"你们在这儿做什么？"

"我们是护士，正在查房。每个小时我们都要巡查一圈，看看有没有什么特殊情况，比如楼里有没有着火之类的。"汉斯信口说道。

"安保的事情就交给我们吧，别再出来了。我正在忙着给还在这边的病号安排车。现在大概还有多少人？"

"2000。"汉斯夸大其词道，让安排车显得不是那么简单。

"好，明天天亮，我就来接你们。"汉斯一回到消毒室，大家就快速做出了决定。他们打算冲出去。

一共分成了三组人：一组由克莱夫那领导，去建筑工地，那边有一个地堡；第二组可以一路藏在城市通往营地的道路边；西班牙人则去拉斯科，在那能看见沿着索瓦河往西去的路。他们差不多都带了些武器装备，如果被发现，也不会束手就擒。

西班牙人最后出发。汉斯叫上了范登霍夫，他的荷兰值班人员，和他一起去。夜里一点钟，28 号楼后面的电网被切断了。塔楼上站着一名囚犯，是新营区警察的一员。按理说他们要负责维护营区秩序。但是实际上他们只是在塔楼上来回溜达，留意着是否有危险的党卫队来到营区，或者如果有人要逃跑，道路是否畅通。

一切都很安全。除了克劳斯，营地里再没看见党卫队队员。大门口的士兵们也搞定了。外面一片死寂，雾蒙蒙的空中飘着雪花。年轻人们尽可能悄无声息地走着，彼此离得很近，这样每个人都能看见前面一个人的身影。最前面走的是鲁迪，一名西班牙共产党人，他在拉斯科工作过，路很熟。

过了半个小时，他们到了村子上。村子看起来已经完全被遗弃了。他们来到了鲁迪看上的那座房子。门没锁，他们进去，爬上楼梯。到了阁楼上，阿福隆斯点燃了一小支蜡烛。里面堆满了架子，那是夏天用来种菜的。

"我给这个房子标上'禁止通行'，"阿福隆斯郑重地说，"西班牙语的禁止通行，他们应该看不出来。这是西班牙内战的政府拥护者的口令。每个人都把它像誓言一样传诵着。"

夜晚冷得让人想要骂人，他们只带了几条床单，也不敢在房子里生火。你永远也不知道村子里会不会还有一个德国鬼子。汉斯在这寒冷里难以入睡。他再次想起了弗里德尔，她会怎么走，不

停地走，还是或许在哪里找一个仓库或工厂躺一会儿。一切可能
都会不一样。如果萨拉勇敢一点的话，她们现在应该在一起。他
们在这儿相对安全。可是弗里德尔走的是一条多艰难的路啊……
不，他不想再去想了，不可以再想了。几分钟之后，他睡着了，
但是旁边的人一旦发出一点小小的动静，他就再次惊醒了。

他的恐惧在夜里塑造出了一个他抹不去的景象：弗里德尔在
雪地里的惊悚景象。她有时候独自一人躺在那里，脖子上有一处
枪伤，然后埋在一堆尸体下面；有时候她躺在那里，脸上有一抹
安详的微笑，仿佛她人生的最后一刻是在回想有关他的甜蜜回忆，
然后她的脸再次被惧怕和恐怖扭曲了。但是每次都是一样：弗里
德尔在雪地里。

天终于亮了，汉斯很欣慰。其他的青年也都醒来了——因为
感觉到了解放的临近，他们大部分人都睡得很好，而且很安心。
他们从阁楼的窗户向外望，望向被雪覆盖的田野。他们可以看到
那条沿着河边的道路，还有伐木的大风车。无处可见生命的迹象，
没有一根烟囱里有烟飘出。一切都显露出一副完全被抛弃的景象。
他们自己的踪迹也被雪掩盖了，他们感到很安全。

下面的房间是工作室。桌子上摆着木匠的工具。他们把工
具扔到一边，把房间摆设了一下。他们把行李放在柜子里。汉

斯没什么行李，只有一小盒绷带，还有一些他放到共同储备里面的物品。

地下室有很多煤球。他们因为是否要生火产生了争执。毕竟从远处会看到烟，最后他们对温暖的渴望还是战胜了谨慎。

随着一天又一天地过去，他们越来越放心了。起先他们只会为了找冰化水喝才会出门。后来他们开始在村子里探路，直到女孩们以前住过并做过园艺的遗弃营区。营房很漂亮，园艺是一个比较吃香的任务。

汉斯看到饭厅的时候很伤心，桌上的碗里还有剩下的汤，到处撒落着女孩们留下来的小物件：一小团羊毛线、一个吉祥物、一把梳子或者一方手帕。这些女孩现在怎样了呢？然后关于弗里德尔的那个景象又出现了。

但是现在不是感伤的时候。他们将草垫拖回到房子里，还有一些食物以及其他可供便用的物品。火烧得不错，他们吃得很香，一个人在阁楼窗前放哨，其余人在温暖房间的草垫上睡觉。他们的床单足够，当疲倦和舒适感一并袭来，他们昏昏欲睡，即使是最恐怖的景象也逐渐化为淡淡的悲伤。汉斯沉沉地睡了几个小时。

第二天没有发生什么特别的事。在这片肃静的积雪荒原上看不到一个人影。三天之后，忽然有人撞门。他们吓坏了。那是一个国防军的士兵。阁楼上放哨的人没有看到他过来，楼上有一个观察死角。那个士兵肯定是从那边过来的。

他们交流了一下。"放他进来。"阿福隆斯说。

他们戴上帽子，遮住光头，然后打开了门。士兵打了个招呼，丝毫没有怀疑。

士兵问他们是怎么来到这鸟不拉屎的地方的。

他们说自己是奥地利的民工，在克拉科夫旁边的一座工厂里劳动。俄国人来了，他们就逃了。

士兵说他们走了三天，现在想停下来休息一下再走，一会儿一整队人都会来。

士兵走后，阿福隆斯对纳瑟，一个西班牙共产党人，大发雷霆。他身上还穿着囚犯的裤子。"蠢货，你搞不好会把我们全搭进去！在营地里找到平民的服装不难吧。"还好，有个人多带了一条平民的裤子。

他们和士兵们一起住了几天。阿福隆斯和鲁迪还坐了一段他们的车。他们有满满一车生活用品，都是从营地里的党卫队食堂偷出来的。他们也分到了一些，罐装的炼乳、香肠、蜜饯、肉，还有香槟。党卫队东西不少嘛！他们还在那里找到了一把萨克斯，给汉斯带了回来。

下午，进来了一个士兵，比其他人更机灵一点。他开始讲一个他们追击游击队员的故事，并用探寻的眼光看着他们。汉斯开始和他对话，想要转移话题。但是这个士兵指着他说："你长得挺像犹太人的，把帽子摘了。"

大家吓了一跳，房间里一阵死亡般的寂静。

"嗨，关我什么事儿呢，"士兵打破了尴尬，"我又不像那些该死的党卫队一样。"

大家吸了口气，汉斯惊恐不已，赶紧给了士兵三罐炼乳。士兵走了之后，大家都开始攻击汉斯：他为什么不低调一点。为什么他这么蠢，还给士兵炼乳，这种贿赂的手段太小儿科了。那个人要是有什么歹心，几罐炼乳是拦不住的。

汉斯承认他们说得没错。"我当然和其他藏起来的犹太人一样，是被抓起来送到这里来的。在荷兰也是冲突不断，那边有各种犹太人。从来没有参与过政治的知识分子，和对情形完全不了解的小商贩一样，都用非法的途径躲藏起来。但是因为政治知识的缺乏、略显笨拙的姿态，他们经常会出卖自己和收留自己的人，于是被送到这里。但是我会注意的。"

士兵们当天就离开了。晚上天刚擦黑，雅克和鲁迪就上路了。他们去营地里看看有没有什么新鲜事。不，并没有什么特别的。营里完全是无人看守的状态，人们生活美好。虽然大多人都病得很重，但是有足够的护士和游击队员在维护着秩序。只有一点：他们听说比克瑙那边还有几千个女人。

阿福隆斯对这个消息特别感兴趣："几千人，怎么可能？比克瑙上周开始清洗，现在都快空了，不过确实还有 3000 个妇女上了路，她们是从我们的女子营区走的，然后可能还有被送走的女人回来。可能她们真的被俄国人关起来了。明天一早我就去，我的妻子肯定在那儿。你去吗，雅克？"

"让我也跟着去吧，"汉斯请求，"或许弗里德尔也在那儿。"

"你？你添的乱还不够吗？"

汉斯起先没有答话。他觉得应该没事的。

软磨硬泡之下，他们还是答应让汉斯去了。

但他得完全按照阿福隆斯说的做，不能离队，要是在路上遇到别人也不可以和他们说话。他温顺地笑着。他们对他作为游击队员的能力失去了信心，但还是带上了他，毕竟他对这次旅程这么有兴趣。

天刚破晓，他们便上路了。阿福隆斯打头阵。他犹豫良久，还是决定不带那把冲锋枪。他们走过女孩们的营房，到了一片空旷的野地上。雪积了 30 厘米厚，但拦不住他们的脚步。他们穿着长筒靴和羊毛袜。

一个小时之后，他们到了铁路线上。在那就能看见比克瑙的营房了。在营地的大门，他们看到一个女人，在雪地里，靠着一根柱子坐着。

女人用手慢慢地比画了一下。汉斯在她身边蹲下。

"已经到了吃饭的时间了吗？"女人的声音小得几乎听不见。然后她又昏昏睡去。显然她在雪地里已经坐了很久。

雅克催促汉斯往前走："难道你还想把在雪地里躺着的几千个人都关怀一遍吗？"

雅克说得对。他们沿着横穿这座营房城市的铁轨走着。铁轨两旁的营房无限延伸下去。一切都是白色的，死气沉沉。铁轨旁还有一条路，中央营区大街，路边——雅克说得没错——躺着许多女人，大约每隔十米就能看见一个。

这些基本都是上了年纪的女人，身体虚弱，在这条通往死亡的道路上一开始就坚持不住，可能在几个小时的点名中就倒下了。她们都用一种诡异的姿势躺着。汉斯见过很多尸体，但这么诡异的还没见过。有些人抱着膝，有些人一只手举在空中，好像生命的最后一刻还在尝试爬起来。但是她们的头都被从颈部的枪伤中留出的鲜血覆盖，那是她们那"富有人性"的领导者开的枪，帮痛苦的她们做个了断，或者是为了不给她们被俄国人解救的机会。

很多女人几乎都是赤身裸体的，她们的衣服被周围的人扯掉了。没有一个人的脚上还穿着鞋子。

他们在这成排的营房中间走了一里地，看到雪中有一些踪迹，偏离了主路，穿过两排营房。他们循着踪迹跟了上去。

往前几百米，出现了第一个活物——一个女人，还是个孩子。她一看见他们，就赶快逃进营房里去了。他们跟了过去，阿福隆斯推开了门。他们倒吸了口冷气，腿也挪不动了。让人难以忍受的厌恶涌上来，就好像是一个病人在甜腻的三氯甲烷中感受到死亡在他身上蔓延。汉斯杵在门口，因为这座地狱，聚集了几百个可怜的生命，这座仓库里面有那么多徘徊在死亡边缘的人，这让他感到晕眩。

那些活着的可怜人的目光聚集在他们身上，那些"幸运的"尸体横七竖八地躺在床上。这些和他们出现时听到的轻微的哀叹声、哭泣声和求助声混在一起。他们鼓起勇气，走进了营房。

他们和最有气力的女人们聊了几句，听到的都是同一个故事。六天前，整个营地的人都要上路。包括所有护士，所有病人，甚至连路都走不了几步的人，都要一起走。剩下的人留在床上躺着。没人给她们食物，没人照顾她们，没人搬走尸体，没有人有力气做这些事。只有少数几个人还能出去方便一下，其他人就顺其自然地便溺在床上，排泄物的臭气和尸体的臭味混在一起，那潮湿阴暗中产生的气体冻住了手脚。

他们和一个捷克女孩聊了起来。这些女人都是从比克瑙出来的。她们完全不知道把人运送出去的事情。她自己和双亲、妹妹是从特莱西恩施塔特被抓到比克瑙的。因为她们是双胞胎，所以全家最初幸免于难，因为营地医生喜欢给双胞胎做血液研究。但是她们的父亲后来失踪了，母亲两个月前死于痢疾。她现在和妹妹躺在一张床上。她的妹妹昨晚死了。妹妹临死之前，让她帮忙把身体翻过来，好看姐姐最后一眼。她花尽了力气完成了妹妹的这个愿望。今天她也会死去，她已经油尽灯枯了。

汉斯在心里骂了一句。他想到这家人，父亲、母亲，还有两个年轻女孩……他能想象到他们在布拉格的样子。那是个夏天，他们出去散步，然后坐在露台上，喝着可口的饮料。父亲说着工作上的事，母亲称赞他做得好，多年努力工作之后，他们过上了理想的生活。姐妹俩和一个过来打招呼的男同学开着玩笑。

"哈！"父亲说，"你们俩哪个是那个幸运女孩啊？"

她们脸红了，全家都笑了。

现在呢，现在整个家都散了。最后一个还活着的人躺在这里，双脚冻僵，头靠着她美丽的妹妹的尸体，哭着等待死亡的来临。

他们去了下一个营房。门口站着一个匈牙利男人。

"您是怎么来到这儿的？"雅克问道。

男人很紧张，他转过身去，仿佛有人在他身后威胁他一般。他抓住雅克的胳膊，又松开。手在头上挠了几下，又看向身后。他给人一种非常迷茫的印象。他用磕磕绊绊的德语说道："上个星期被运送走的。我们一群人，一共有 1200 个人。路途艰险，不分日夜地走。我自己腿脚还比较利索，这个小队还不错，但是好多人累坏了。第一天就倒下了至少上百个人。如果他们摔倒在雪地里，党卫队队员就数到三，然后开枪。

"我们一天就走了 40 公里。然后继续走，3 天走了 300 公里，还剩下 700 人。上西里西亚的所有路边都躺满了尸体。第三天晚上有些不对。我们停了下来，党卫队队员们忙碌地争论。似乎我们走的这条路被俄国人封锁了。 我们从林间小路继续走，那是一条低堰路，党卫队走在路边，比我们高几米。忽然他们就开枪了。我在一个树桩旁边卧倒，就这样活了下来。党卫队走了之后，我又站了起来。有些人没死，他们轻声呻吟，却没法再走路了，都是肚子或者腿上中枪。我们三个人开始往回走。白天我们藏起来，晚上再出来。有时候我们能从农户那里讨点吃的。"

"所有被运走的人都是这个下场吗？"汉斯问道。

"这我不知道，但是应该看不到多少人回来了。"

没错，他已经不抱什么希望了，那景象可能真就是现实。生命还在继续，地球还在不停转动，这真奇怪。我们觉得我们和亲人是宇宙的中心。但是，无论我们是幸福地活着，还是在雪地中凄惨地死去，宇宙都不会因此而受到干扰。

　　他们进了第二座楼。汉斯在那里发现了一个荷兰女孩，她叫阿德海德。她恳求汉斯帮助她。他从口袋里翻出一块面包给了她。她像一只饿极了的动物一样抓住，她身边的女人们直起身来，也希望得到点东西。

　　汉斯——允诺了。不然他还能怎样呢？但是他知道自己无法实现承诺，他知道自己在这儿帮不上什么忙。就算他能往这边拉点东西过来，也没有什么帮助，只会引发争斗和更多的苦难。因为一共有五个这样的营房，有 2000 个女人，中间还有几百具尸体。谁能来帮忙呢？俄国人吗？他们在哪儿呢？为什么那大炮的声响没有逼近？

　　当然，这 2000 个可怜人，比起在柏林惨死的那上百万人，只是冰山一角。但是他们是这场巨大的战争闹剧的幸存者。他们终将会成为史书上黑暗一页上的几个字——比克瑙。

　　等他们回到"禁止通行"那个屋子的时候，已经是晚上了。他们坐在火炉边，炉火烧得正旺。范登霍夫煮着咖啡，忽然，正在放哨的阿福隆斯向他们喊道："过来了一个头上绑着绷带的女孩。"

他们蜂拥至阁楼的窗前，讨论着接下来该怎么办。

那女孩离他们几百米远，摸索着在房子之间缓慢穿行。由于天色渐晚，他们无法分辨这是个什么人，但是她头上的白色绷带很显眼。

"让雅克和鲁迪过去，"阿福隆斯建议道，"小心点。"

"好，我们先去瞭望塔再回来，这样我们可以经过她。"

他们出门了。几分钟后，他们站在了她面前。女孩吓了一跳。她用德语问他们是谁。

"工人，住这儿附近。有什么我们能帮你的吗？"

她犹豫不决地看了这些人一眼，靠在门柱上，再也无法自抑地哭了出来。雅克用胳膊搂住她，带她去了"禁止通行"屋。看到火炉前的男人们的光头时，她流着泪笑了。他们让她在火边坐下，范登霍夫倒了些咖啡。

马克斯直奔主题："你是从哪儿来的，怎么伤成这样？"

女孩吓得瘫到地上。

"该死的，你让她先缓一缓！"汉斯吼道。

女孩看了看汉斯。

"您是荷兰人吗？"她用荷兰语问道。

汉斯没想到她说荷兰语，于是向她介绍了自己。

"我记得在韦斯特博克见过您，"她回答道，"我叫露丝……登记的时候我也在。"

汉斯将手放在她的肩膀上，让她好好休息。"你的头怎么了？"

"被枪托打的，一个农民给我简单包扎了一下。"

所谓的绷带无非就是一条床单。汉斯拿来了他的盒子，鲁迪帮她把旧绷带拆掉。她的头发都被血凝结成了一团。

"不用双氧水怎么清洗干净？"

"剪掉吧，"她说，"反正也都生虱子了。"

汉斯为她的这份果敢而惊叹，尽管不忍心，他还是把她的头发剃光了。伤口不是很深，但是穿过了整个头皮。她疼痛难忍，但是很坚强。包扎好之后，她走去一堆床垫上躺着。所有人都一言不发地喝着咖啡。

她忽然开了口："我之前在'新别伦'那边的一个劳动营。我和母亲还有妹妹在那儿待了四个月。我母亲上个月去世了。"

"你是什么时候从韦斯特博克过来的？"

"半年前，我们去了特莱西恩施塔特。之后我们在比克瑙待了一个星期，之后去了劳动营。我们一共 1000 多个女人，年龄在 14 ～ 60 岁之间。官方记录是 16 ～ 50 岁，但是很多年纪大的女人因为害怕，报年龄的时候说自己没满 50 岁。我们一开始住在麻布帐篷里，后来到了 11 月份，下了第一场雪，我们就住进木头帐篷了。每个帐篷里能住 40 个人，但是我们得挤下 100 个。所以我们都生了虱子和疥疮。"

"他们对你们怎么样？"

"卖命干活。我们被党卫队特勤队的 20 个穿黑色制服的人看守着。他们还有一个党卫队上级小队队长在。我们每天有 300 克面包和一升汤，从来没有额外的食物，也没什么可偷。在这四个月里死了 200 人了。包括我母亲。"

"没有医院吗？"

"有，有一个帐篷医院。匈牙利女孩们管它叫'等候室'。你只有完全不行了才能过去，在那等候死亡。啊，我们全都在等死，我们过得太惨了。"

"有医生吗？"汉斯问。

马克斯朝他吼道："你别总打岔！"

"我母亲死时，我们得自己埋葬她。我有生以来从没有那么难受过。对我母亲来说，死亡是解脱，她遭受了太多的痛苦。她一直都是个聪明人，对什么都感兴趣，但是最后那段时间里，她只说和吃有关的事情。她腹泻很严重，双腿浮肿。她一直劳动到临死前四天。我不明白为什么我还能活着。我的父亲死了，我的母亲和妹妹也走了。"她叹了口气，停了下来。

"你妹妹在哪儿呢？"阿福隆斯问道。

"我把她弄丢了。上个星期我们在路上看到了奥斯维辛的囚犯在走着。那队伍一眼望不到头。"

"有很多女人吗？"汉斯问道。

"有，但是我们没和她们说话，我们的哨兵在远处盯着。我们以为自己也会很快就走，但是我们直到前天都还在干活。我想，他们把我们留这么久，是因为我们是做坦克车陷阱的。昨天早上突然传来命令：'所有人出发。'只有病人和没有鞋子的女人留下，加一起有200多人，因为很多女人的鞋子都磨坏了，只能光脚在雪地里干活。有500名妇女走了，我不知道她们会有什么命运。我们这些留下的人就在等死。"她沉默了，咬着嘴唇。

"你为什么不接着讲了？"汉斯问道。

"啊，你们不会相信我的。"

"为什么不会？在党卫队那里，一切都是有可能的，我们太了解这一点了。还在荷兰的时候，我也不愿意相信英国广播里报道的那些用毒气杀害波兰犹太人的事，可惜现在我们都见识到了。"

她耸了耸肩："就算我们回到荷兰，告诉他们一切，他们也不会相信我们的。"

"我们要有说服力，而且也会有官方报道证明我们的故事是真的。如果有人仍然不愿意相信，那我就直截了当地问他，我的父母在哪里，我的兄弟，还有其他几万人都在哪里?！"

"或许你说得对，医生。那一大群人走了之后，我们200个女人留下来，还有一个党卫队上级小队队长和两个哨兵也留下了。党卫队上级小队队长去了两座楼里给所有女人都打了针。那个针，名义上是防伤寒的，需要注射到动脉里。但是我们很清楚这是什么针。党卫队上级小队队长没有扎准大动脉，所以只有两个女孩死去了。她们说不出话来，几个小时之后在困惑中死去了。党卫队上级小队队长貌似没有那么多注射药品，因为他只给大约 50 个女人打了针。下午他和两个党卫队队员来到楼里，让所有还能动弹的人去外面集合。这一队伍里是 100 个衣不蔽体的妇女，光脚踩在雪地里，大多数都只围了一条床单。她们只有一个愿望：尽可能少受点苦。她们深沉的脸上看不到恐惧，所有人都知道这是怎么回事，所有人都预见到了这一刻的到来，这四个月以来她们一直都知道。受够了饥饿，受够了寒冷，受够了伤口、虱子和疥疮。"

"但是你们不知道俄国人就在附近吗？你们没机会拯救自己，没反抗吗？那里不是只有三个党卫队队员吗？"阿福隆斯的声音传来，那个口无遮拦的西班牙人，西班牙内战中的战士。他把她的言语踩在脚下，仿佛是一个曾为生活而反抗的人，对眼前不可想象的懦弱的抗议。

她对他的莽撞一笑置之。"噢，有些人走了，但是大多数人几乎连一步都走不了，全都筋疲力尽了。不，死亡不是我们的敌人，而是会为我们带来解脱。一个叫茱蒂丝的匈牙利女孩，站在那里哭。党卫队上级小队队长猛捶了下她的胸口：'别哭了，蠢驴！'

"'您要对我们做什么？'

"'我要杀了你们所有人。'

"'但是我好想再见到我的父母。'

"'你会见到他们的,在另一个世界。'

"人群上路了,一步一步缓慢地走着,互相扶持着向前挪动。我们去了坦克车陷阱那边,那都是我们自己挖的。300米,走了快半个小时。总会有个人尝试逃跑,但是党卫队上级小队队长一般花不了什么力气就能把她抓回来。不过还是有几个人侥幸成功了。半路上我推了推我妹妹安雅。'我们也得试试。'我说。

"我们充其量又往前走了100米。安雅几乎已经走不动了。只有一次机会。我叫安雅摔倒。她滚进了一条水沟里,而我尽可能快地往远处跑。党卫队上级小队队长没有管安雅,跑上来追我。那是我人生中最艰难时刻,我简直都快要死了。"

她沉默了一下,眼中泛起了泪水。"我放弃了,和党卫队上级小队队长走了回来。我们来到了坑边上,所有人都要趴着。党卫队队员们拿着机枪扫射了三遍。我还活着,但是我脑海里只有一个疯狂的念头:'哦上帝,让我死吧。'我再也受不了了。然后三个党卫队队员又用机枪的枪托在每个人的头上打一下作为收尾。我看到血溅到了地上,那三个男人将那些女人,还有洁白的雪,全都染红了。然后我也被打了一下,一切就都结束了。"

女孩重重地叹了口气。

雅克轻轻地抚着她的胳膊。她微笑了一下,仿佛是松了口气似的幸福微笑,她现在可以和信得过的同胞倾诉衷肠了。

"他们工作做得并不彻底。过了一小会儿，估计有一个小时吧，我醒了过来。我躺在坑里，在一群被杀死的女人中间，我还活着。我感觉自己的想法改变了，我要活下来，我要活下来讲述这个故事，告诉每一个人，让人们相信这是真的……我要为我母亲报仇，为我的未婚夫，还有所有被杀死的几百万人报仇。这是一个复杂的故事：毒气毒死、吊死、淹死、饿死，层出不穷。但是我逃过了这些。我死过了一次，可以讲这个故事了，我必须讲，我也一定会讲。"

她又沉默了，看着屋子里的青年们。他们静静地坐着，面容严肃，听着炮火的声音。

"十公里。"雅克咬着牙说。再有十公里，他们就自由了。不，还不能自由，因为他们有一个任务，一个让他们团结在一起活着的任务。他们要呐喊出他们所经历的一切。他们感到自己彻底成了复仇的使徒，要地球上的野蛮主义被永远摧毁。这复仇将让世界纯净，张开双臂拥抱全新的人性。

"我快冻僵了，头痛欲裂，但是我从坑里爬了出来。我挪着去了安雅摔倒的那个地方。她已经不在那里了，但是我看到了她在雪中前行时留下的足迹，相信她可以解救自己。

"我继续挪向大楼。里面躺着走不动的女人们的尸体，她们肯定是在我们之后被处理了。我来到 8 号楼，伤寒楼，喜悦流过我的全身，这座楼还有人活着。和别处一样，他们在这边的任务也没做好。党卫队上级小队队长早上说'这些不得好死的人就让她们自生自灭吧'的时候，就没打算做彻底。我躺在稻草铺上，睡着了。傍晚我们还遭受到了一次大惊吓，国防军！不过那些士兵并没把我们怎么样。相反，他们把营区的仓库洗劫一空，还给了我们一些食物和衣服。天黑之后，我走了。我想去比克瑙，因为我觉得安雅应该也去那个方向找她的丈夫去了。在雪地里走路很艰难，等天亮之后，我完全迷路了。一个农民把我带回了家，包扎了一下，给了我些吃的，我睡了一整天。傍晚我又上路了，然后就到了这儿……"

在他们的感觉里，党卫队的危险已经过去了，最后这几个小时，和这片荒村比起来，可能营地里打起仗的概率更小一些，所以很多人又返回到了营地。大厅里，人们盯着汉斯看，好像他是回魂的亡灵一样。雅皮，那个小个子的荷兰值日人员，高兴得不得了。他一直深陷在恐惧之中。

汉斯坐在了工程师盖朵身边。

"你说得对，孩子，你走了是对的。"

"怎么讲？"

"你没听说昨天发生了什么吗？下午三点钟，来了一群党卫队队员，灭绝小队的走狗，穿着黑衣服，全副武装。他们进了楼里，用枪托赶所有人出去。可怜的老斯洛宾斯基的脑袋都被打破了。哪怕是病得最重的人也得站到外面，他们被护士和其他还能走路的人搀着。后来他们和我们说可以进去了。他们去拿车接我们，送我们上火车，如果他再召唤，我们就要立刻集合。然后他们去了比克瑙，在那上演了同样的戏码。那边很多人都下不来床。比克瑙的一千来个病人出发，往奥斯维辛的方向去了。等他们走出营外几百米后，来了一辆车，他们叫喊了些什么。党卫队队员们跳上了车，之后再没人见到过他们。很多人就又回了比克瑙。几个身体稍微好点的，接着就走向奥斯维辛了。"

"您知道他们在车里喊的什么吗？"

"据站得近的人说，他们喊的是：'火车已经到了。'七点钟会来一列火车，把这个区的所有党卫队队员接到安全的地方去。火车提前几个小时就来了，我们因此保住了命。"

"您那么确定他们想把每个人都杀死吗？"

盖朵让雅皮上楼去找个人。那是一个小个子男人，他看起来很悲惨，但是神情依然坚强："威尔医生，来自斯洛伐克的沙尼·波德巴萨迪。"

汉斯和他握了手："您很快就会回家的。"

"回家，是个相对的概念。我全家都在这儿被灭绝了。好吧，我昨天九死一生。我是特雷比尼亚的一个医生，来自离这30公里的矿工小队。600个人被运走了，我和90个人留了下来，这些基本都是病人。昨天下午来了一群党卫队队员，12 个人。他们让所有还能走路的人在营房前集合。几分钟之内，他们就用左轮手枪把所有还躺在床上的病人射杀了。我们还有 40 个人能走路，我们要用稻草搭一个柴火堆，把尸体放上去。一层稻草，一层尸体，每次我们去营房里抬尸体，他们就会把走在最后的约莫十个人扣下射杀。党卫队队员问了我三次：'您还不累吗，医生？'为什么我会一直回答不，我也不知道。反正就这样了。反正，我们抬着最后一批尸体出了营房，走向柴火堆。这时一个穿便衣的人向我走来。我认识他，他是矿上的一个盖世太保主管。我给他偷过一次药。'您不想爬到电网的另一边去吗，医生？'我想，他认出我来了，可是我还有什么翻不出去的。万万没想到，他真的是那个意思。他们让我逃掉了。"

"是啊，孩子，"盖朵补充道，"他们和一个小时之后来到这边的党卫队队员是同一群人。所以你明白我们不然会是什么下场吧。所幸，那些大英雄更在乎的是自己怎么坐火车离开，而不是完成对我们的'义务'。我们能存活，只是因为这一系列的奇迹罢了。"

"我们得弄点糖，不然我没法烤煎饼。"雅皮发号施令。

汉斯想起来在哪儿见过糖，他记得是 14 号楼。他带着一个袋子出门了。

14 号楼里什么都找不到，他去了 13 号楼。在 13 号楼的地窖里有三个男人。他们抽着烟，非常平静，好像什么事都没有一样。汉斯打了招呼，问他们有没有见过糖。年龄最大的那个人笑道："我们在这儿什么都没看见，我们昨天才从比克瑙过来。"他的德语很差。

汉斯问他是从哪儿来的，是否愿意说法语。法语对话流畅了很多。这个人自我介绍道，他叫卡贝利，更应该叫卡贝利教授，因为他是雅典文学院的教授。汉斯坐到这位教授身边，问他是在哪个小队工作的。

"特遣队[1]。"

汉斯讶异，这是他第一次遇到在特遣队工作过的人。现在一切都结束了，他可以听到在比克瑙具体都发生了什么。

教授笑道："您不敢问，但是我完全不介意告诉你。要是您回到荷兰，不也要具体详细地讲述这一切吗？"

"您在特遣队很久了吗？"

"一年。一般来说你在那儿只能活两三个月，但是我有人保护，所以挨过了这段时间。"

"您可以和我说说火葬场的事吗？"

"当然。一共有四个火葬场，1号和2号在火车那边，3号和4号在吉卜赛营后面的云杉林里，是营地北边的瞭望角。我和很

1　在毒气室和火葬场工作的囚犯小队。

多希腊人在 3 号和 4 号火葬场工作。我给你大致画一下 3 号火葬场的样子吧。一次会同时过来七百到一千人，所有人都混在一起：男人、女人，还有小孩，婴儿和老人，健康的人和病人。通常有力气的年轻男孩和女孩是在火车边就被筛选出来，但是经常也会有将一整车人都送到火葬场的。人们先在 A 等候室，然后经过一条窄窄的走廊去 B 房间。那边的墙上写着各种标语，比如'保持清洁''不要忘记使用肥皂'，所以人们到最后一刻还抱有幻想，以为他们来的是浴室。在 B 房间所有人都要脱掉衣服。房间四个角都站着一个党卫队队员，手持机枪。但是他们从来都用不上机枪，所有人都很平静。就算是知道自己在这里死到临头的人，也觉得反抗无用。如果和死亡对抗是没有希望的，那就让这痛苦越短越好吧。有时候——如果很多批人一起来——里面还挺忙的。那就要特遣队过来帮忙，把衣服从身上割下来，手表从胳膊上褪下来，首饰从手指上撸下来。长发被剪短，因为头发有工业价值。一整群人就这样去了'浴室'。那是一片很大的地方，用人造光照明。在天花板上有三排淋浴头。要是所有人都进来了，大门就关上。大门用电控制移动，并且用橡胶在边缘隔离密封。然后闹剧就上演了。毒气装在罐子里，罐子里是一个个小球，像豌豆一般大，可能是冷凝气体的结晶，乙烷氰化物——'齐克隆'。天花板的淋浴头之间有洞。党卫队队员将这些罐子从洞里扔进去，然后关上，毒气自行释放，不到五分钟，一切就都结束了。很多受害

214

者到死都不知道发生了什么，但是知道这事的，经常尝试屏住呼吸，所以很多人死的时候是一种抽搐的姿态。有时候情况也不太一样。我永远记得那天，那250个波兰犹太裔小孩是怎么被毒气杀死的。他们脱掉衣服之后，自觉地排成了一个长队，唱着犹太人为逝者唱的唱诗，很有纪律地走进了毒气室。党卫队队员掐着表，百叶窗要关上五分钟。然后他按了一个钮，毒气室两边的电动百叶窗打开了。如果毒气散得差不多了，特遣队就要进去。他们拿着长长的棍子，棍子一头带着钩子。把钩子甩在死者的脖子上，把尸体拖去火葬场，就是在我这个图上标D的那个记号。一共有四个炉子，每个炉子可以同时焚烧四具尸体。大铁门打开，滚出一个架子来，把尸体放上去，推进去，关门，一刻钟以后就完事了。这样一个带四个焚化炉的火葬场，工作效率还是很高的。但是有时候也不太够。那党卫队也有办法。火葬场后面挖了两条大沟，就像您看到的这样：30米长，6米宽，3米深。底部放着大树桩，洒了汽油。那火烧得可旺了，附近几公里的人都能看见。这样一条大沟里能同时装下上千具尸体。大火持续燃烧24个小时，然后再扔一批进去。所有情况都被考虑到了。

"沟里还有一条小沟，有一个排水口。通向几十米外的一个小峡谷。通过这些小沟，烧剩下的灰烬就去了峡谷。我跟您保证，我亲眼见到过，在这柴堆旁边工作的一个人，顺着小沟下去，用融化了的人体脂肪涂抹在面包上。那是得多饿啊！

215

"1944年6月5日，运来了一批特别的匈牙利儿童。很多时候，要是有大批人运送过来，党卫队的先生们都没有耐心等五分钟让毒气生效，就让我们把这些半死不活的小孩扔到沟里。一个希腊人洛奇·莫德采，再也受不了了，他跟着跳了下去。很多人也都受够了，亚历山大·赫雷拉也是个希腊人，身材健硕，他和三个波兰人以及六个俄国人商量好，销毁3号和4号火葬场。洛奇·莫德采自杀几天之后，赫雷拉用一把铁锹拍死了一个党卫队的中士。计划有变动，赫雷拉当晚在D营——所有当时和销毁火葬场有关的小队都在那儿被杀了，并且在点名的时候示众。尽管如此，3号火葬场还是被销毁了。1944年10月2号，暴动开始了。

"那是特遣队的243名希腊人和很多其他国家的人的一场阴谋。他们在联合工厂的一个枪手那里搞到了2000发子弹，汽油也有好多。他们冲向党卫队，把他们打倒在地，火葬场被放了火，守门的哨兵也被杀了。可惜还有几百个人临阵退缩了，没有加入。十分钟之内比克瑙的整个党卫队都被摆平了。奥斯维辛的党卫队也过来支援，我们那些已经出了围栏的人被包围了！有25个人被直接杀死，剩下的人第二天被烧死，还有在火葬场附近小队里劳动的20个人。波兰人出卖了起义组织者的名字。我为这五个希腊人骄傲：巴鲁克、博多、卡拉索、阿尔迪特和雅空。

"10月24日是最后一次'任务'。1944年12月12日开始拆除火葬场,这25个人,希腊人、波兰人还有匈牙利人,都是特遣队的,被派去进行拆除工作。我也在场,所有在D营里住过的人都已经消失了。我们是整个营里的最后一批人,所以大清场的时候他们忘了我们,我才能在这给您讲述这一切。"

"您觉得该怎么惩罚他们呢?"一阵长久的沉默之后,有人问道。

"惩罚是不够的,"汉斯答道,"只能把所有的党卫队鬼子消灭掉。"

"要是说只有党卫队,或者更准确地说,只有纳粹应该对这件事负有责任,你同意吗?"卡贝利问道,"普通民众就都是好人了吗?"

"当然不是,"汉斯补充道,"整个德国人民都对此负有责任。他们现在战败了,就和自己的领袖撇清关系。但是他们要是战胜了呢,那么就永远不会有人问元首他都采取了什么手段,也不会问所有的共产党人和犹太人都去哪儿了。"

"那你是不是要毒杀整个德国人民作为惩罚呢?"

"当然不是,先生,只有属于党卫队和盖世太保之类的那些人要被铲除,以免他们卷土重来。剩下的德国人民,我们要监督他们,直到新一代人长大,接受人文教育,不再受到军事和大资本的影响。那时候,或许是多年以后,会有一个社会主义的德意志民族凭借自己的力量立足于世。"

第二天早上，营区的楼墙上被子弹射击了。很奇怪，却看不见一个士兵。汉斯去了索瓦营区南边角落的 21 号楼的流动医院帮忙。

一阵剧烈的震动袭来，石灰从天花板上往下掉，几扇窗也震破了。他看向外面。河水湍急，随着冰雪融化，水量大增。在浮冰上漂浮着横梁、木板，还有桥的残骸。

"桥被炸了。"

他们明白，现在一切都结束了。德国人尝试延缓俄国的追赶，但现在他们的主力已经在几公里以外了。

营地没有危险了。或许他们还没意识到，但他们已经在这片无人之地待了一天。几个小时之后，第一批俄国人来了。他们穿着白色的隐身衣悠闲地走过来，仿佛什么都没发生一样。他们走在马路中间，好像德国人不存在似的。他们见到穿着囚服的囚犯时，默默地微笑着。他们肯定是想到了被德国鬼子杀害的父母、被玷污的妻子、成为废墟的国土。囚犯们也想到自己的妻儿，想到所有他们再也找不回来的人。

一长串感激的握手，因为感动而喉咙哽咽，他们发不出欢呼声了。

现在一切都变了。梦想终于变成了现实。很多地方的电网被切断，桅杆被砍倒，马匹、小货车、卡车之类的交通工具进进出出，好不热闹。晴空万里，太阳被赋予了新的力量，雪从屋顶上落下来。仿佛大自然也想出一份力，让这份对新生活的承诺更加完美。汉斯在营地里一刻钟也待不下去了，他内心的激动喷薄而出，就像一只刚打开笼子的小鸟一样。

他朝着拉斯科走去。炮火声微弱了下来，只有远方传来战争的动荡之声，德国人试图在那里建立新的战线。走了一会儿，他就到了"禁止通行"屋。他被村庄的景象震惊了，房子有一部分被手榴弹炸毁了。附近有两辆德国坦克，一辆已经完全烧毁了。破坏显然是它们造成的。

汉斯进了屋，没有人。客厅还保存完整，但厨房已经翻了个个儿。他在那儿还找到了萨克斯的残片。他笑了起来，这些物质损失还有什么意义呢？

他依然很紧张。一个念头让他继续向前走去，越走越远，去向未知的目的地。或者一直走到他筋疲力尽，躺在路边，然后一切结束。

他走过了被雪覆盖的田野。雪很薄，他时不时踩进水坑里。双脚湿了，尽管阳光很暖，他还是觉得又冷又难受。

不知不觉间他已站在了塔楼前。他不知道是怎么走到那儿的，他根本就没有在寻找塔楼的位置，只是毫无计划、漫无目的地在野地里走着。木头湿湿的，这里还有积雪。他小心翼翼地爬了上去。

塔楼有三个平台。他上了第一层平台后，看了看下面。他觉得非常不舒服，恐高。他又感觉到那种念头了。现在不能那样做。踩空一步他就会摔下去，粉身碎骨，从不断困扰着他的痛苦中解脱，和她，那个占据了他脑海中的一切的她，一起解脱。

但是他逼迫自己向上爬。他必须这样，他不能向逃避恐惧的念头低头。不能逃，要对抗，不断对抗。"一个人的力量是微不足道的。"他突然想起这句诗。生活在继续。他的血管里流淌的血液推着他向前，他每想登高一步，双腿自然不会拒绝听从他的使唤。他慢慢地向上爬，一开始充满犹豫，但是每踏上一级台阶，他的决心便会增加一分。

最后一级台阶上有一扇百叶窗门。他推开门，来到了最高的平台上。胜利的感觉涌上来。他战胜了死亡。现在他高居所有树木和周围的房屋之上，他仿佛从拂过他脸庞的微风里，闻到了春天的气息。

营地在不远处。他从这里已经能看到破损的白墙。他再次体会到胜利的感觉，站在高处远眺那座他可能永远也逃不出来的营地。

靠左边一点是比克瑙，很大。甚至从这个把全世界踩在脚下的高处望去，目光所及之处，都可见到比克瑙之大。这里曾经很大，像是一座彰显恶魔的强大的工程。在这里死去的人比世界上其他任何一个地方的都要多。这里有一个无与伦比的毁灭系统。但也不是完全正确。不然他也不会活着站在这里。为什么他活着？是什么赋予了他生存的权利？比起那几百万丧生于此的人，他从哪里得来的资格呢？

似乎，他没有和其他人共享同样的厄运，反而是一件不可思议的坏事。但是他想起了"禁止通行"屋里那个女孩的话："我要活着，我要告诉每个人这件事，我要让他们相信，这是真的……"

他的目光飘向了南方。早春清新的空气下是被雪覆盖的田野。但是他的目光无法到达无尽的远方。

南面的视野被贝斯基德山挡住了，于是那个景象又出现了：弗里德尔。他抓住栏杆，手指快要抠进木头里，就像她曾经用双手抓住10号楼窗子的网一样。当时他们一起望向远处的田野，现在他们分隔两地。

他在此处，而她在彼处——在那景象里所在的地方。仿佛视线尽头的剪影不是山的轮廓，而是她身体的曲线。

整个世界为他铺展开，只是他永远无法抵达，那里现在是他永远也触不到的地方。他们曾经并肩站立，内心的向往把他们带去了那座山。现在她不在他身边，和那缠绵的远山一样，无法触及。

他孑然独立。

不过也并非完全如此。因为她的样貌就在他眼前。在他心里，这景象将永远鲜活。他将从中获得力量，在未来的生活里完成他的使命。如此，她将活在他的身体里，她没有白活，她的灵魂将通过他活着，尽管她的身体已经安眠在朦胧的蓝色深山里。

埃迪·德文德的一生

埃迪和弗里德尔是如何在韦斯特博克相识的？
埃迪在红军解放奥斯维辛之后发生了什么？
弗里德尔又怎么样了？
在这篇后记里，我们将为您揭晓这些问题的答案。

关于埃迪·德文德的少年时光，我们知之甚少。
他不怎么喜欢谈论过去，因为哪怕刚开了个头，
那失去一切的痛苦便会让他难以承受。
奥斯维辛是他生活的中心，一切都围绕着这件事。
他的生活分成三个阶段：
奥斯维辛前、奥斯维辛、奥斯维辛后。

奥斯维辛前

埃利亚扎尔·德文德，昵称埃迪，1916年2月6日出生于荷兰海牙的彼得·海恩街，他是独生子，是亨丽埃特·桑德斯和路易斯·德文德的儿子。他的父母拥有一家生意不错的餐具店。因为工作忙碌，埃迪一部分时间是由保姆照看的。他们一家并不是严格的教徒。他的父母不信教，并且很少用犹太教的教条来约束自己。不管怎么说，年轻的埃迪生活还不错，出身于一个被同化的、成功的犹太中产阶级家庭。

埃迪三岁那年，他父亲路易斯因为脑瘤去世。祸不单行，同一年，埃迪从灶台上拽下来一个装满开水的茶壶，他因此被严重烫伤，并住院半年。他的脸上和胸口都留下了巨大的伤疤。

他母亲改嫁给了路易斯·范德斯坦姆，可他继父在1936年因为突发心脏病也去世了。这时埃迪已经20岁，在莱顿大学学习医学。继而亨丽埃特又嫁给了路易斯·佐代。埃迪厌恶地称他为路易斯三世。他 12 岁的儿子罗伯特·雅克，也搬来和他们同住。最终埃迪的母亲和她的第三任丈夫一起被送往奥斯维辛，并在那里双双遇难。罗伯特·雅克也没能从劫难中幸免。

因为童年发生的这些事情，埃迪和母亲之间的关系很密切。1942 年战争期间可以明显看出他们的感情。

埃迪很聪明，对周围的世界很感兴趣。幸好，他童年里遭受的打击并没有妨碍他在社交上的成功。他晚上经常和朋友们相约探讨世界各地的时局。尼采、弗洛伊德、马克思和共产主义是他们最喜欢的谈话主题。他得了个外号叫"小鸡蛋"，是别人根据他的脸形起的。

读完高等公民学校之后，他开始在莱顿学医。他一直都想当一名医生——用他自己的话说，因为他儿时经常犯哮喘，母亲给他"治病"的时候他很舒服。埃迪是一个好学生，也很会享受生活。他有一个基督徒女朋友。晚上他经常和"无赖节拍"爵士乐队一起演出，他在里面吹单簧管。在他的空余时间里，他最喜欢玩帆船。

埃迪的父母都来自犹太大家族。一些家族成员从事钻石工业，大多数人是兢兢业业的中产阶级。在这些家庭里，上学并不是普遍的事，所以他们都很为埃迪感到自豪。

尽管从 20 世纪 30 年代初开始，纳粹主义的威胁就日益笼罩荷兰，但埃迪的生活却一片光明。因此，德国对荷兰的入侵和占领深深地震撼到了他。

战争

1941 年初，德国侵略者强迫荷兰大学将所有犹太员工和学生开除。在老师的帮助下，埃迪加速毕业，并且成为莱顿的最后一名犹太毕业生。然后他前往阿姆斯特丹进修心理分析学专业，这是在他的老师家中秘密进行的。他住在新赫仑运河附近，那是犹太区附近的一条美丽而宁静的运河。这里是阿姆斯特丹的中心，在"二战"期间，阿姆斯特丹的八万犹太人大部分都住在这里。

德国占领军将犹太族人不断逼入绝境。埃迪开始担忧，他认为德国人终究会把希特勒早前在《我的奋斗》一书里提到的理论付诸实施。当他人生第一次被抓的时候，他还非常惊讶。1941 年 2 月 22 ～ 23 日，德国人在阿姆斯特丹抓捕了 427 名年轻的犹太男人，埃迪便是其中之一。荷兰国家社会主义运动党员和抵抗部成员亨德里克·科特，在参与犹太人和非犹太人抵抗占领军的斗争中死亡。突袭抓捕，便是对此的报复。埃迪 1981 年在《新鹿特丹商报》（*NRC Handelsblad*）的一篇文章中讲道："我进城去拿我的自行车……在犹太区的某处，我被一个德国士兵抓住了：'你是犹太人吗？'我为什么要说'是'呢？如果我当时（用德语）回答：'伙计，你疯了？我是犹太人吗?！'可能那时我就救了自己一命，而这个失误让我差点就把命搭进去了。"

他和其他人一起被带到了两座犹太教堂中间的一个广场上，

那里现在叫作约拿·丹尼尔·梅耶广场。他们在那里蹲了好几个小时，还被德国士兵们殴打。最后他们被卡车拉走，送去了斯霍尔的一个囚犯营。到了那里之后，一切又来一遍，他们又被继续殴打。这次打得更狠，用的是枪托，他们不得不在成排的士兵旁边来回奔跑。

埃迪觉得，比挨打更可怕的是恐惧，和其他人一样，他完全不知道接下来会发生什么。

这 427 个人被逐一"检查"，病得太重的人不用被送走。埃迪找到了机会，就像后来在奥斯维辛一样，他现在也可以利用医生的优势。他知道肺结核的症状，也知道怎么让自己感染上这个病，他的哮喘也帮了他。和其他 12 个"病得太重"的人一起，他们在被送走前释放了。他快速地奔跑，出于"被射杀的恐惧"，他当时用"曲线跑法"逃走的，暂时获得了自由。另外 415 个人被送到了奥地利的一个采石场毛特豪森。那 415 个人里只有两个人幸存了下来。被放走的人的下场也没有好到哪里去。而在那 12 个因病被拒绝的人里，据人们所知，只有埃迪一个人幸存下来。

第一次突袭成了后来"二月大罢工"的导火线。很多阿姆斯特丹人不接受"他们的"犹太人所遭遇的事情，在共产党的领导下，放下了手中的工作，作为对这次突袭的回应。这是一次英勇的行为，可惜，这场罢工不幸地以血腥的方式惨淡收场。

每年的二月大罢工纪念日，都会提到之前突袭中的两名幸存者：马克斯·内比格和格利特·布罗姆。没有人提到埃迪的名字，也许这是因为他当时并没有在被送去毛特豪森的 415 个人之内。无论如何，这件事总是震撼到了他的。

从斯霍尔被放出来之后，埃迪尽其所能地让生活重回正轨。1942 年，由于阿姆斯特丹太危险，他就藏在了海牙他母亲的朋友那里。成天待在房子里非常难熬，于是房主想了个办法，让埃迪逃去瑞士。于是他和当时已经订婚的女朋友一起出发了。但是在第一站安特卫普，就出了差错。他们找不到要去报到的那个地方，可能是纸条上的地址拼错了。找寻几天未果后，这对情侣又小心翼翼地返回了荷兰。

埃迪后来讲述过那个故事。当然，他也有可能是故意逃亡失败的。他和母亲的感情如此深厚，他或许不愿意抛下她。他回来不久之后，就发生了一件事情，印证了这个想法。

他的母亲被抓了，被送往韦斯特博克。犹太委员会是在德国占领军和荷兰犹太人之间调停的组织，当时正好在寻找犹太医生去韦斯特博克做志愿者。他们保证这些医生可以留在那儿，而不会被继续运送到其他地方，而且每两周他们可以休息一个周末，以"自由之身"回家探望。埃迪报了名，条件是他的母亲也可以留在韦斯特博克，而不被继续送走。这个承诺毫无价值。几天之后他到达韦斯特博克时，他的母亲已经被送去奥斯维辛了。

韦斯特博克是一个维护良好的定居点，并且有良好运作的管理层，主要由犹太人组成。那里有足够的食物，以及其他设施，诸如医院和剧院。不过，纳粹当然是幕后老板，每周都会安排一次运输。每次都有1000多个犹太人被用运货火车送到东边去。他们被送去波兰的一个地方，直到上了火车，他们才知道这个地方的名字：奥斯维辛。

埃迪在韦斯特博克的小医院里做管事医生，工作很努力。他的一项任务异常艰难：对那些将被运走的因犯进行"审核"。重病的人不用去，每次因犯们都会恳求他把要被运走的家人和朋友作为重病号报上去。医生们对此要谨慎处理，因为他们的工作和决定也会定期被德国人检查。这项艰难的任务在战后很长时间依然深深折磨着埃迪。战后，有些人怨恨他，因为他当时没有把这个人的亲戚从运输中拯救下来。

埃迪在医院里与一名18岁的护士弗里德尔·弗里达·科莫尼克一起工作。她来自德国，在一路漫长的逃亡之后，来到了这个营地。埃迪和弗里德尔相爱了，他取消了先前的婚约。为了能留在一起，他们需要结婚。这在韦斯特博克也是允许的，于是他们也这样做了。几个月来，他们一起住在一个仅用纸壳从医院大厅里分隔出来的空间里。对这对新婚燕尔的夫妻来说，这并不是理想的境况。

不过他们相互依赖，尤其是在这现有环境之下，已经很幸福了。直到厄运落在他们头上。尽管埃迪和犹太委员会做了交易，他和弗里德尔还是在1943年9月14日被送往了奥斯维辛。

奥斯维辛

德国人撤退之后，埃迪立刻开始在笔记本上记载他在奥斯维辛的经历，也就是这本书上的文字内容。他时不时会跟妻子和儿女多说一些里面的事情。他饱受着每个幸存者都会面对的罪恶感的折磨：为什么我活下来了，而其他人没有？除了难以置信的运气之外，他对弗里德尔的爱和渴望也是他不断前行的动力。

《最后一站：奥斯维辛》这本书的动人之处在于，这本书是在战时、在营地内所写。文中的内容没有被修改，没有因为年代久远而变化了的回忆，也没受到解放之后才得知的新消息的影响。这让故事更加公正，也赋予了此书巨大的历史价值。

这也常常让人觉得难以面对。一个很好的例子，就是埃迪讲述弗里德尔过得很糟糕的那段时间，他和营地医生谈话，请求他救救弗里德尔的命。在一个为了尽可能杀更多人而建立的地方，这个请求似乎完全不合时宜。但营地医生同意了他的要求，也是件奇事。尤其当你知道这个营地医生是谁的话就更会这么觉得了：他是约瑟夫·门格勒。这个名字当时很少有囚犯提到，埃迪也觉得没必要交代。然而这个名字的主人，如今被视为历史上最令人发指的战争罪犯之一。这是个令人不安的想法，尤其是因为它使我们意识到，奥斯威辛集中营的刽子手们不是来自另一个星球的生物，而是能做出"有人性"的决定的普通人。

相比人们如今对门格勒的看法，这件事会让他变成一个没那么邪恶的人吗？这个问题的答案可以从埃迪写下的自己与弗里德尔的一段对话中找到，一些年长的党卫队队员，偶尔会做出一些看似莫名其妙、前后矛盾，但却带有同情心的决定。"我不认为这个可以为他们开脱，"汉斯严肃地说道，"相反，那些年轻人从骨子里就是这样长大的，他们自己并不知道别的道理。但是恰恰是那些老人，比如那个营地医生，从一些小事情还是能看出来以前的教育在他们身上的残留。他们以前受到的教育不同，所以还能保留自己作为人的一面。所以他们比那些年轻的纳粹更可恨，因为后者从来没见过以前的美好日子是什么样的。"

或者说，正因为门格勒做了这件事，并且从这件事情可以看出来，他其实是知道人性为何物的，他在奥斯维辛的举动更应该受到谴责。

这本书以 1945 年 1 月奥斯维辛的解放为结局。在 1980 年《最后一站：奥斯维辛》再版的后记中，埃迪描述了之后发生的事情。

"党卫队让绝大多数因犯行进到德国内陆的营地，并且一路只让走路，不给吃的，奥斯维辛还剩下几千名病患。俄国人进入营地没几天，就来了一名女大夫，我被要求留在营里，直到最后一名荷兰病人（只要他们还没死）被带去俄国——之后又被送回荷兰。三个月来，我完成了各种困难的医疗任务，截肢和一些小手术，这些其实都超出了我的能力范围。我的生活很忙碌，就着美国的鸡肉罐头吃了很多豆子。另外我还在'加拿大'（储存犹太人的所有物品的地方）找到了一件皮大衣，我在市场上把它卖了。……接下来的五个月我在奥斯维辛和俄国买了很多鸡蛋和奶油，这样，当我七月份回到荷兰的时候，看起来营养很充足。我当时的心理状态如何，我早已不记得了。重新构建很久以前的记忆是一件很危险的事。……我当然还记得俄国人刚进来之后，我们从行政楼里拉出来的一幅希特勒肖像，铺在大门口的地上，轮流上去跳舞。我早已不记得当时的感受了。

"我想，我更多的是觉得这很可笑，而不是因为发泄了怨气而感到愉悦。……有一种感受我肯定是有的：我要告诉每个人在这里发生的事情。如果我把它写下来，让每个人都知道，这种事就再也不会发生。同时，对我自己而言，我想结束这些困扰，似乎我可以通过将困扰从内心向外界——纸上——转移的方式，来摆脱掉它。这是一个幻想。我找了一个厚厚的笔记本——我现在还留着它，我每天都在原来波兰宿舍的房间床沿上，用很小的字写着这个没有结局的故事。没人可以质疑我描述的事实和情景。这和现在的书籍以及电视场景不同，针对后者，评论家——或许不情愿——可能会话里有话地说这些回忆是伪造的。"

奥斯维辛解放之后，过了几个月，荷兰那边的战争才结束。

埃迪加入了俄国军队。他在奥斯维辛又留了几个月，照顾病人，之后在战线后方帮助伤残士兵。这段时间，他完全不知道弗里德尔是否还活着。最初他相信她已经死去，死于那场在奥斯维辛将她从他的身边带走的死亡行军。当死亡行军的故事也传到东欧时，他听说有幸存者，于是再次燃起希望。5月23日，荷兰刚一解放，他就从乌克兰的切尔诺维茨（当时还属于苏联）向荷兰的红十字会寄了一封信。他给弗里德尔也写了一封信，希望她还活着，并希望红十字会能知道她的下落。那封信充满了渴望和不确定性。

荷兰终于解放了，他想尽快回去。那是一段漫长的旅途，先穿过东欧，再跨过地中海。埃迪当初是坐着一列运货火车离开荷兰的，他回去时搭乘的是一辆客车。从马赛，经德国，他终于在1945年7月24日到达了荷兰边境。他被收容在恩斯赫德。因为他身上没有证件，所以要接受红十字会的工作人员盘问。他先交代了自己的个人信息，他叫什么，他都去了哪里。之后奇迹出现了。红十字会的工作人员打断他，说不久之前一位德文德太太从奥斯维辛回来了，她就在附近的医院。埃迪回到荷兰的当天，便和弗里德尔重逢了。

奥斯维辛之后

弗里德尔和埃迪被战争摧残得很厉害。埃迪主要是心理上的，弗里德尔的身体也受到了很大的伤害，她失去了生育能力，并且多年疾病缠身。他们的家人和朋友皆被杀害，他们的家园也不复存在。荷兰忙着战后重建，对他们的故事关注甚少。

埃迪和弗里德尔勇敢地重新拾起了生活。埃迪变卖了战后所剩无几的家族财产，用这些钱在阿姆斯特丹边境处建了一座房子。埃迪接下来进修了心理分析学家课程，并创办了自己的诊所。奥斯维辛成了他一切工作的重心，作为心理分析学家，他专门治疗遭受过重大战争创伤的人。1949 年他据此出版了一份权威图书《直面死亡》（*Confrontatie met de dood*），书中第一次描述了集中营症候群[1]。

共同的痛苦、创伤带来的疼痛，最终还是压垮了埃迪和弗里德尔的关系。1957 年，在离开奥斯维辛的 12 年之后，他们最终分手了。

埃迪在绘画课上结识了第二任妻子。这是一位与他的背景不同的女性。她来自阿姆斯特丹，比他年龄小些，并且不是犹太人。他们生了三个孩子。

1　直译，也称为"幸存者内疚感"。

埃迪精力充沛，工作努力，但是他会时不时地被自身的创伤压倒。他多次接受治疗，还去过一名专攻战争后创伤的著名精神科教授——杨·巴斯蒂安斯的诊所。他接受了迷幻剂等实验性治疗，以此疗愈他过去的创伤。

痛苦和悲伤有时会从一个不经意的角落冲出来。埃迪和那个他在营地结识的女人，那个和他一起经历了苦难的人以离婚收场这件事，让很多人不满意。尤其是他之后还娶了一位非犹太裔的妻子，这被部分犹太群体视作背叛。每年埃迪都会去荷兰奥斯维辛委员会参加纪念集会。尽管他是在场许多人的英雄，并一生致力于帮助战争受害者，但仍然有些人因为这次"背叛"不欢迎他。

埃迪定期发表文章，也经常被邀请在国际会议上发言，主要是关于战后创伤的后续成果。他在第二项专业领域——性学上，也非常成功。例如，他是荷兰第一家堕胎诊所的创始人之一，并且在 1969 年，他发表了有关各种性偏好的集成作，《变异还是变态》（*Variatie of Perversie*）。

在埃迪晚年，他越来越清楚，创伤不会在直接经历者这里终结，而是会由"幸存者"传递给下一代。他建立了一个基金会，用以研究并整合关于这一主题的知识。这就是战争影响心理研究基金会（SOPO）。这是一项雄心勃勃的项目，吸引了许多国际专家加入。

1984 年，他去世三年前，获得了一个皇家荣誉。他被授予奥兰治－拿骚勋章，军官头衔。对他而言，这份荣誉不仅肯定了他的杰出工作，也肯定了他幸存的意义。

埃迪在 SOPO 基金会工作时突发了严重心脏病。之后经历了一段困难的时间，他的身体每况愈下。

面对死亡的临近，他的思绪被带回到了奥斯维辛时期，他饱受恐惧的痛苦折磨。卧床一个多月后，他那备受摧残的心脏停止了跳动。1987 年 9 月 27 日，埃迪去世，享年 71 岁。

学生时代的埃迪。约 1939 年。

70 岁的埃迪。1986 年。摄影：Jeroen van Ammelrooij。

埃迪和母亲亨丽埃特·德文德·桑德斯。

1918　　1933

家庭聚餐，庆祝埃迪的祖父母结婚50周年。埃迪站在后面正中间。1933年。

埃迪演奏单簧管和萨克斯，并定期随"无赖节拍"乐队一起演出。20世纪30年代后期。

战前，埃迪在海牙附近的湖上玩帆船。他在奥斯维辛期间曾忧郁地回忆过这一段经历。20世纪30年代后期。

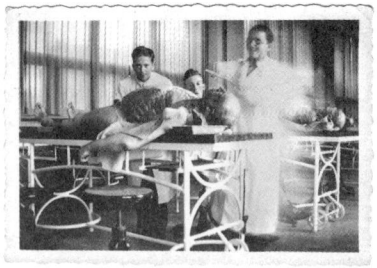

战前，埃迪正在莱顿学习医学。照片中，他正在解剖课中解剖"湿尸"。战争结束后，他从事精神科。莱顿大学在1940年底被占领军关闭，埃迪是最后一位在那里毕业的犹太学生。

1940　　　　　　　1943

埃迪和弗里德尔在韦斯特博克的结婚照。照片上没有家人，但是有营地里的知名人士、同事和朋友。

埃迪在致辞中感谢红军解放奥斯维辛集中营。1945 年 1 月 27 日之后，一群来自欧洲各个国家的幸存者留在奥斯维辛，埃迪和他们共处了几个月。照片中的女性来自南斯拉夫。演讲稿是在他从奥斯维辛集中营带走的笔记本上写的。

1945

后记

回到荷兰之后，埃迪意识到，大多数人都只顾着为战争的结束而喜悦，却少有人对集中营的故事感兴趣，战后重建才是重中之重。尽管如此，他还是决定遵从自己的意愿，战后不久便发表了他的故事。他当时用了几周时间在奥斯维辛的床沿上写下的那些故事，几乎被一字不差地誊写下来，1946 年初，《最后一站：奥斯维辛》这本书就被文学共和国出版社（De Republiek der Letteren）—— 一家左翼出版社出版。可惜，这本书面世后不久，出版社就倒闭了，《最后一站：奥斯维辛》很快就买不到了，并且被人遗忘了。然而，和埃迪一样的幸存者们一直把这本书视为一本关于奥斯维辛集中营的重要著作。

由于埃迪自己的生活也已经被战后重建占据，所以他决定暂时将这本书放一放。直到 1980 年他才再次捡起，并由范根纳普出版公司（Van Gennep）整体再版。他想再次出版的原因可能不是那么美好。埃迪越来越担心他曾希望再也不要发生的事情会再次上演，即极端不包容和政治暴力，在西方世界也是一样。

他也不再将《最后一站：奥斯维辛》看作一本有关他所经历的事件的历史

汇报，而更多地将其看作一个带有普遍意义的故事，展现了有些人在这种极端不人道的情况下是如何相互扶持、彼此相爱，并努力捍卫自由的精神，这个故事也展示了极端的不包容和优越感是如何造成这些匪夷所思的行为的。

后来范根纳普出版公司陷入了经济困境，将该书撤出了市场，在很长时间内它又消失在大众的视野里。但这并不意味着埃迪会将此事抛诸脑后。他不断地意识到让每个人知道关于奥斯维辛集中营的故事的重要性，并且尝试将这个故事翻译成英文，一直到他去世。

埃迪写的这个故事的原稿，在奥斯维辛解放 75 周年之际，在全世界展出，这本书也将在世界范围内出版，向所有遭受恐怖和政治暴力侵害的人致敬。最重要的是，它实现了埃迪在故事结尾表达的愿望："我要活着，我要告诉每个人这件事，我要让他们相信，这是真的……"

这篇后记的一部分引用了从埃迪·德文德在 1980 年再版的《最后一站：奥斯维辛》所写的后记。另外还使用了不同的资料来源，包括埃迪·德文德所写的没有被《最后一站：奥斯维辛》收录的文字，红十字会和奥斯维辛－比克瑙国家博物馆的档案，以及埃迪于 1981 年 2 月 14 日在《新鹿特丹商报》上发表的文章。

2019年6月

于阿姆斯特丹

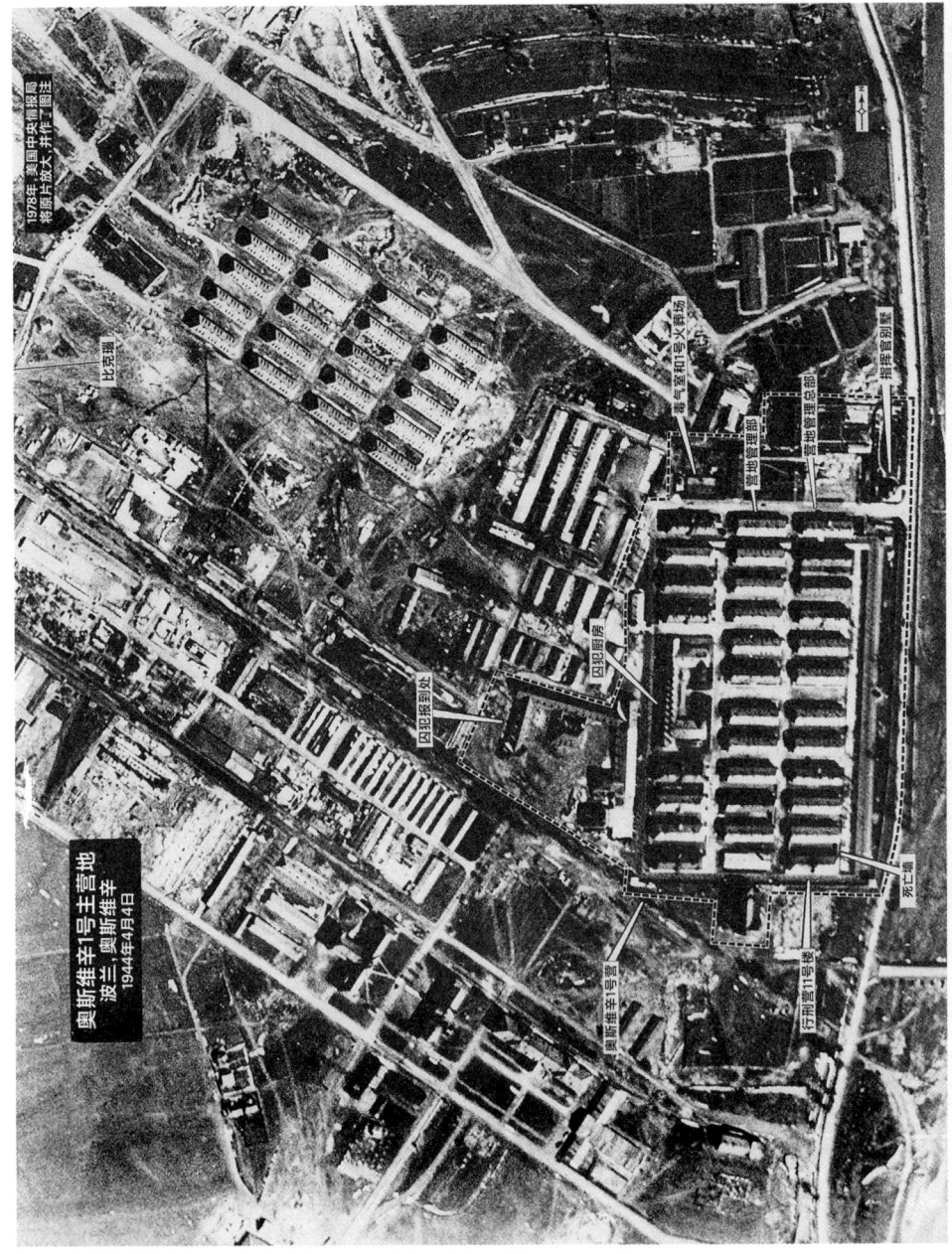

比克瑙

1978年 美国中央情报局
将原片放大并作了图注

毒气室和1号火葬场

营地管理部

基地管理总部

指挥官别墅

囚犯照到处

囚犯厨房

奥斯维辛1号主营地
波兰，奥斯维辛
1944年4月4日

奥斯维辛1号营

行刑营11号楼

死亡墙

奥斯维辛1号营图例（初始营地）

1　囚犯报到处
2　"狮子过道"
3　1号采石场
4　集中营挂有"劳动带来自由"标语的入口
5　28号楼——病房的住所
6　28号楼——病号楼
7　26号楼
8　囚犯财物储存室
9　囚犯厨房
10　点名处
11　纹刑场
12　营地军乐队
13　24号楼和24A的营地妓院
14　党卫队病号楼
15　毒气室和1号火葬场
16　盖世太保：审讯处
17　盖世太保：秘书、登记
和火葬场管理处
18　厨房、储藏室
19　党卫队洗衣房
20　20号楼和21号楼的内院
21　2号采石场
22　行刑营11号楼和"死亡墙"
23　10号楼：这里对女性囚犯
进行了医学实验
24　比尔肯瑙大道
25　营地管理总部
26　防空洞
27　水泥墙
28　营地指挥官鲁道夫·侯斯
及家人所居住的别墅
29　9号楼

100 m

0

附录

集中营创伤症候群研究

本文曾发表于：

Folia psychiatrica, neurologica et neurochirurgica Neerlandica,

no.52(Dec.1949):459-466.

直面死亡

　　解放后，人们迫切地想知道所有关于集中营的记录。一些作家从一开始就试图让作品能引出一些社会学和心理学上的结论。公众也不带任何批判地将全部信息照单全收。但是很快他们就"被信息塞饱了"。财政上的担忧、对新世界灾难的恐惧，尤其是战后关系幻想的破灭，让人们沮丧不已。此外，不断地提起别人遭受的痛苦，并且常常感到自己对那些丧生或遭受了很多苦难的人现有或潜在的损失负有责任，这并不是什么愉快的体验。

　　当然，我不会给听众讲关于营地的所有恐怖故事，但是荷兰对发生过的事情，尤其是奥斯维辛集中营这样的波兰营地里面的事情了解之少，每天都在震惊着我们这些营地前居民。那些解放后不久就开始写下自己经历的人，主要也是为了减轻自己内心沉重的情感负担，通过写有关营地的文章，排解被压抑的情感。读者从作家的手中接过这沉重的情感负担，很快就承受不住，这也是可以理解的。人们对营地文学的兴趣开始减弱，但可惜的是：倒洗澡水的时候，把孩子也一起倒了。毕竟，营地前居民所得出的科学结论，并未得到进一步的研究。

　　现在，许多年已经过去，有关集中营的回忆里，痛苦的情感特征已经开始减弱。曾经最恐怖的现实，如今对我们来说，就像是一部儿时的恐怖电影。

恐惧和愤怒仍然会随着记忆里的画面像暴风雨一样向我们袭来，但它们就像笼中的野兽……无法再扑向我们了，我们站在了安全距离之外——"疏远（它们）"！

由于这种疏远，我们可以更加客观地看待自己所经历的事情。我们感到自己已经不再被营地的气氛笼罩，而是想把这些想法带到书房里，分析、研究，就像化学家研究试管中的反应一样。我们看到集中营的街道和营房，里面还有——作为试剂的——营地居民。我们让环境影响他们，并观察他们如何变化。[1] 实验正在进行中……

许多德国实验我们都熟悉：皮肤病学的、外科的，还有许多其他实验。我（在纽伦堡）研究了"党卫队营地医生"写给"元首"的私人医生勃兰特的协议……我就不拿残暴细节来折磨您了吧。不过，其中有一个实验，我找不到任何相关报告，那就是"集中营"实验。德国人不知道集中营作为社会心理实验的重要性。现在，我们的任务就是建立这个协议。关于处于死亡危险中的人群的文章很多。我记得弗洛姆博士发表过一篇著名的文章。他描述了在轰炸中感受到死亡威胁的经历。在这种情况下，死亡威胁的含义对前线士兵和营地居民而言是不同的。对前者来说，威胁是急迫的；对后者来说，威胁是长期的，与为了自己的生命而战的士兵相比，后者没有防御能力。

于是我们立即想到了陀思妥耶夫斯基的经历，他在《白痴》中以自传形式

---

1 作者把集中营这个独特的社会结构看作一个实验，用社会心理学实验的角度来分析人们在里面的应对方式。

向我们描述了这一经历："对被司法判决的人来说，连最后求死的希望也被完全彻底地夺走了。抱着这点希望死去，本来可以减轻十分之九的痛苦。死刑的可怕在于，可以清清楚楚地知道自己没有活下来的希望，世上再没有比这更痛苦的了……抓一名士兵，让他站在大炮前，对着他开火，他依然还会抱有希望。但是，向同一名士兵宣读已经板上钉钉的死刑判决后，他会失去理智，崩溃哭泣。是谁说的人性可以承受住这些，不会发疯的呢？"

此外，我们在《白痴》中读到的是一个被囚禁在行刑台上的罪犯："如果我忽然可以不用死了那会怎样？如果我活下来了怎么办……那个念头在他心中不断成长，一直折磨他，直到他求他们一枪打死他算了。"这段引用中，我们可以得出两个结论：

首先，陀思妥耶夫斯基似乎无法想象有人会在确定难逃一死的时候还不会发疯。其次，一旦死亡已成定局，人们会如此难以承受不安的心情，甚至会渴望死亡，因为这是摆脱这种不安的唯一出路。

在来到奥斯维辛的 450 万犹太人里，最多只有 4000 人（千分之一！）活着回来了。死去的那些人里，大多数人都知道死亡是必然的。但是，他们并没有发疯。让我们研究一下怎么可能会这样。为了了解集中营中发生的面临死亡的事情，我们必须回顾一下犹太人被遣送至奥斯维辛集中营之前的命运。

在阿姆斯特丹和韦斯特博克，犹太人的心态以巨大的现实转移[1]为特征。尽

1　转移：心理学名词，指在一种情境下将危险的情感或行动转移到另一个较为安全的情境下释放出来。通常是把对强者的情绪、欲望转移到弱者身上。

管从理智上来说，每个人都可以理解自己必须经历去波兰的旅程，但每个人都在动脑筋想办法摆脱这一命运，至于波兰的毒气谋杀（英国广播电台早在 1941 年就在谈论毒气的事情了），他们根本就充耳不闻，用"英国的政治宣传"一词否定了这个现实。无论这安全感是多么虚假，它依然被犹太人理事会的各种盖章、各种德国的清单和其他各种承诺维持着，每个人直到上了火车，穿过了荷兰边境时，才认清了现实。

出于这种转移和虚假的安全感，大部分荷兰犹太人从来没有真正尝试来保障自己的安全，比如逃跑，或者像华沙贫民窟的那些犹太人那样抵抗，后者是现实主义者，并经过了数个世纪的反犹太主义防御训练。

由于德国人的狡猾，囚犯转移过程也很顺利。所以韦斯特博克是一个"好"营地，基础设施比较健全。

无论如何，运输都是不可避免的。然后，在去波兰的火车上，转移虽然不再可能，但是另一种防御机制开始运转：躁狂的情绪控制着人们。大家就像是一个个在黑暗中的受惊的孩子：用唱歌来掩饰恐惧，第一个人拿出吉他，第二个人开始唱歌，并且快乐地介绍第三个人出场，后来整个车厢里的人都开始欢唱。看到德国的城市被炸毁，一种病态的欢乐在人群中蔓延开来，人们意识里对集中营的恐惧完全消失了。

火车在奥斯维辛市火车站的院子里停了很长时间，这时人们只有一个愿望：继续开，赶快到达营地吧。没有人意识到，到达营地可能就意味着生命的终结……

几个小时后，火车再次开始行驶，不久就停在了绿地上的一条长堤上。沿着堤防站着一排穿着条纹囚服、头发剃光的男人。火车一停稳，他们就冲向货车，拽开车门。

就算在那个时候，转移心态依然是有效的。和我同车的还有一个医生，他和妻子孩子一起。他和我说："你看，那些是集中营的囚犯，他们得帮我们搬行李。"

那时，这个人依然如同一个游客一般，享受着快乐的山间旅途，丝毫没有意识到危险，直到"雪崩"波及他的一刻。到达集中营时，事实以"雪崩"一样的速度扑来，给人造成的心理创伤就和被雪掩埋一样，几乎可以将他压扁。

80%的乘客都被装上了运送车。他们是老年人、残疾人和带孩子的母亲。他们去了"浴室及消毒室"。在那间密闭的浴室里，扬声器里传来声音，让他们深呼吸，以此对肺部传染病进行消毒。我们很难想象，这些人意识到他们吸入的就是毒气之后会发生什么。可无论他们的命运多么残酷，评论他们在临死时的感受都太投机了……

其他的人，那些自己走进营地的年轻力壮的人，我们要密切关注。

心理创伤有几个不同的阶段。当车厢门被打开时，乘客们被囚犯拿着棒子打下车。他们第一次体验到集中营里是怎么对待人的，不仅是党卫队，还有在集中营很长时间的某些类别的囚犯。在奥斯维辛集中营的主要是波兰人。

然后，所有行李都被扔成一堆，人们要放弃从家里带来的一切物资。然后最坏的情况才出现：堤坝上排成长排，老人一排，年轻男子一排，年轻女子一排。在那一刻，人们知道，这是不可避免的了，他们要分离，经历一段漫长、充满恐惧和不确定性的日子，然后才能再次见面。

那时候人们仍然相信他们会再次见面，并真诚地向对方道一句"再见"。

随着队伍向前行进，人们的多重心理创伤也在一步一步发展着。跨过一个横杆之后，年轻男子的队伍终于到达了营地。

有建筑材料存放地，还有装大量木头和砖头的仓库。有手工推动的小火车，还有 15~20 名身着囚服的男子拉着的大推车。沿途到处都是工厂大楼，从中传来引擎的嗡嗡声，然后是木头、石头和棚子，到处都是人，到处都在建设。

在新来的人眼里，这景象让他们联想起对 19 世纪强制劳动犯、厨房奴隶和惩戒犯的描述，然后一种让人难以理解的想法出现了：现在我也是这样的惩戒犯。如今，那些只能从陀思妥耶夫斯基的作品《死屋手记》和电影《亡命者》里才能得知的事情，忽然间变成了现实。

一群年轻人站在门前，第一次见到了他们接下来要居住的集中营。大门上方是用铁浇铸的装饰，上面写着集中营的口号："劳动带来自由。"

这一句口号会给进入这里的几千人带来一线希望，帮助他们和自己的命运和解。保持希望，直到最后一刻，这也是集中营系统的一部分。除了偶尔以不同形式出现的针对个人的威胁，党卫队从来没有承认过他们的目的是灭绝囚犯。谣言像麻醉药一样，在营地里人为地散播着，不断充实着囚犯们并不明智的幻想，从而让他们主动放弃抵抗。与年龄较大的集中营居民，包括几个他们的同胞，谈一次话之后，"劳动带来自由"的谎言很快就不攻自破了。

关于酷刑、传染病、饥饿，以及尤其是每周一次的"分选"，即挑选出最弱者并带去毒气室的真相，很快地击垮了这些新来的人。

我还记得自己刚进营地不到一个小时的时候和一个荷兰人的对话。他是一个健壮的年轻男子，身材硬朗，看起来营养充足。他预测我们没有一个人能活着离开这里。我那时还用话顶他：“那你已经在这多久了呢？”

“一年了。”

“那这里还是可以生存的嘛！”

可惜，这个荷兰人接下来的话很快就把我从梦里拉了回来。他告诉我，他是那一批被运送过来的1000人里唯一一个还活着的。他原来是一级拳击手，因为党卫队看上了他的拳击技能，才保住了他。

没过多久，我们就已经很明确地知道等待我们的是什么样的命运了。繁重的工作、每日少得可怜的食品配给、没有休息，这已经使我们明白，这种生活是坚持不下去的。当我们第一次看到货车把最筋疲力尽的人运去比克瑙，也就是火葬场所在的地方的时候，就无法再怀疑了。虽然我们理智上已经被说服，但是不切实际的希望仍然存在。希望主要来自传闻，而传闻又通过希望维持。但有些事实是无法忽视的：一部分囚犯在克虏伯[1]和法本公司[2]，还有所谓的“德国设备车间”工作，他们在那儿可以获得一些特权。比如每天多发半升汤或者一些面包，拥有自己单独的稻草床铺，而不用和两三个人挤着睡。有时候他们还发“工资”——一马克的“优惠券”，可以在餐厅里买点洋葱或者厕纸，那可是笔巨大的财富。

1　德国最大的军火制造商。

2　德国的化学工业公司。

我们要是把这些事和老囚犯提起，他们就会一笑置之，他们太明白这一切最后会是什么结果了。不过他们也承认营地里发生了一些变化，但我们要是抱怨，他们就感到被冒犯。"你哪知道什么是集中营，和我们那时候比起来，这里现在简直就是个疗养院。"于是我们不断地回旋于希望和恐惧之间，在情感上的、非理性的希望和理智上的恐惧，以及几乎可以肯定"一切都代表结束"的念头之间回旋。

矛盾心理的混杂本身并不奇怪，每个人都了解。但是在营地中，心理上的分裂变得如此强烈，思维与感觉之间的距离如此遥远，以致我们已经无法把它称为"混杂"了。反而像是一个人的身体里并存着两种精神：知情者和希望者，它们彼此独立地存活于身体内，并且几乎互不影响。对"结局临近"的确定造成了一种沉闷的顺从，但是沉默的希望常常在囚犯们不堪营地的重负，就快崩溃的紧急时刻再提供一丝坚持的动力。

所以，营地里的人们坚持下来的时间比人工计算出来的更久。

面对集中营的六个阶段，和心理创伤是一样的：拿起行李，妻离子散，外面劳动的人给你留下印象，在营地中看到高压电网，剃头并在身上文上囚犯编号，还有最重要的，新来的囚犯从老囚犯那里获得的信息，这些都可以与我们在惊吓神经症领域所认识的最严重的创伤相提并论。人们对这些创伤的反应和对严重急性惊恐的反应没有什么不同：结果都是僵直状态。囚犯们的表现在最初几个星期是麻木的。他们保持沉默、克制，不理解吼叫的命令中的集中营术语是什么意思。

之后分到的汤，他们也因为反应迟缓没法喝下去。他们还给老囚犯，尤其是党卫队，留下了愚蠢的印象。这叫"笨猪"阶段。很多人在这个阶段就死去了。他们因为不理解或者没跟上命令被打死，或者因为不明智的行为被送去干活最繁重的劳动小队，在那里从事无法承受的劳动。还有些人，不过数量较少，在一开始的态度就很不同。他们不愿投降，举止傲慢，铁了心要打破集中营的规矩，并且表现得很强势。这些人也很快就消亡了。他们不"蠢"但是"不听话"，不听话的人也要被打死，不过是被打死的原因和"蠢"的人不一样而已。还有一些人，在短时间之后找到了一种态度，使他们有可能在营地内尽可能长久地保全自己。

这要归功于一种非凡的适应形式，我想将其作为本研究的进一步主题，因为这是一种非常有趣的心理现象。尽管我意识到，我要进一步告诉您的内容还是很不完整，并且在很多方面都存在争议，但我仍然相信我有足够的材料来把我的思路展示给您。为了让您对找到了这种生存方式的囚犯有一个直接印象，我将向您朗读一位患者的病史，该患者曾在营地里待了很长时间，最近因为适应困难来找我。

患者是这样说的："我不明白自己是怎么挨过这一切的。我们那一批去布纳的运送车上一共有400个人，一年之后只剩30个了。我一直是种破罐子破摔的态度。要是囚监打我，我就想：打死我算了。要是发生了轰炸，我就想：要是炸弹落在我头上该多好啊！我什么都无所谓了。如果荷兰青年们和我说话，我就想：啊，让他们说吧，反正我也跟不上他们的对话。囚监说：'我不明白你怎么还没去火葬场。'劳动的时候我尽量溜走，如果被人发现，有时候我也会被打倒在地，但我也不在乎。渐渐地，我也感觉不到被打的疼痛了，我也不再会因为挨打而流血。有一次分选的时候我的名字被写上去了，我和几十个朝圣者站在一起。第二天见营地医生，他问我是做什么工作的，我说'仓库管理员'，我当时要是说'钻石切割员'，估计就被带走了。他们总说：'你们这些犹太人只会切割钻石和做生意。'我当时就凭感觉回答自己是'仓库管理员'。"

我们在这个人身上可以看到一种非凡的能力，他可以忽略几乎所有的伤害，并且不去在乎，我们后来甚至听说他几乎慢慢开始享受被折磨这件事了。韦斯特博克的墓地上刻的那段取自《出埃及记》的文字，可以用在他身上：将橄榄不断地捣，捣成清橄榄油，将痛苦如光一样承受。[1]

尽管我不能太过深入地研究这种"将痛苦如光一样承受"的能力的理论背景，但我还是想提出一些相似之处，尤其是要回顾弗洛伊德在《超越快乐原则》中对我们的描述。当然，在这里没有必要引用弗洛伊德的整段话。大家也都知道《超越快乐原则》提到的死亡驱动力仍是讨论的焦点。但是我们必须认识到，像刚刚描述的患者一样，人们已经对死亡的观念做了强有力的调整。无论如何，我们都可以在他们身上应用卡尔普的观点，后者表达的范围更广一些，他说："由于某些紧张关系，难以再去忍受世俗的自我的人们，渴望在这种存在中寻找一个解决方式，并把它延续在另一个存在中。"顺便说一句，我们描述的新来的人的麻木，不正是这种死亡原则的显著后果吗？囚犯在精神创

---

1 《出埃及记》原文为："把那为点灯捣成的清橄榄油拿来给你，使灯常常点着。"荷兰语的意思在这里与原文稍有不同。

伤的影响下实际上已经放弃了生命,让自己和死亡的想法和解。

他很清楚自己一定会离开集中营,只是他认为——用集中营的行话来说——是从"烟囱"里离开,火葬场的烟囱。换句话说就是:"我肯定会从这里出来,只不过不是竖着,而是横着出来。"这个囚犯就是个"拉斯科尼科夫"[1]。他寻求痛苦和屈辱,殴打和饥饿不再是他的创伤,而是帮助他实现目的——死亡的工具。如果他一直保持这种状态,死亡自然就是他的结局。如果这个囚犯不被打死,也会病死。很明显,我们在集中营里看到的肆虐的结核病,因为人们对死亡的渴望而更加猖獗。

所以我们发现,完全向营地生活投降的人很快就死了,但是我们也看到了人们运用自己的活力来对抗自己,迅速耗尽精力,在这场对抗"集中营世界"法则的无用之仗里耗尽了自己的身心。因此,我们得出了一个悖论,那就是,与死亡的和解是囚犯生活的必要条件,囚犯必须投降,只有这样才有机会保命。如果他除了投降之外,还可以找到另一种现实的方式从内心接受这个事实,那么他关键时刻仍然具有足够的活力,找到最佳答案。就像我们这位完全顺其自然的患者一样,当营地医生来寻找被送入毒气室的受害者并问到他的职业的时候,他回答"仓库管理员",尽管他实际上是一个钻石切割员。

为了在集中营中活下去,还需要"死亡原则"——我之后将用这个词,来避免使用"死亡动力"这个词——和生命力之间的另一种关系,不同于普通生活的关系。尽管在正常的生活中,占主导地位的往往是生命力,而死亡原则仅

---

1 电影《拉斯科尼科夫》的主角。

在诸如忧郁之类的病理性条件下才占上风，但它的主导地位在集中营里是必要的。综上所述，我可以说，完全由死亡原则支配的那位愚蠢的囚犯崩溃了，而用全部的生命力抵抗营地的人也是同样下场。想要生存的囚犯必须发展出一种营地心态，其更深层次的原因是对死亡的态度发生了变化。

让我们现在来分析一下能够形成这种营地心态的因素吧。

首先是身体上的因素。通过各种经历，特别是战争中的经历，已经清楚表明，身体缺陷能在多大程度上减弱心理功能。这种减弱不是一致的，而是选择性的。似乎是复合维生素 B 在其中起了作用。俄国医生在解放后对死亡的囚犯进行尸检时，我看到了非常显著的偏差。

死者的肠壁变得很薄，就像羊皮纸一样，这可以理解为由于缺乏维生素 B 而导致的上皮细胞缺失。我们在大脑中看到了皮疹，类似于韦尼克脑病的图像。尽管关于营养缺乏导致精神病的案例仍然很少，但我想在这里引用美国研究人员的实验，实验人员为测试对象设计了缺乏维生素 B_6（烟酸）的饮食，因此引发了精神病状态——"行动速度和弹性正在下降，思维也是如此。心理状态降低……有时会出现过度敏感，对疼痛和情感也是……冷漠、思绪飘移，烦躁和可感性交替出现。"

显然，这些少量信息还是需要进一步研究的。然而我认为，不光是囚犯的身体状况需要我们进一步研究，我们尤其要重视能支撑他们活下来的社会学关系。那么我们就要说到能够促成营地心态的第二组因素。

社会学这个词听起来可能挺大的，但是您想想，集中营这样的地方，聚集了成千上万人，像奥斯维辛、比克瑙这样的集中营甚至聚集了 20 万人，这不仅构成了一个毫无结构的群体，而且各种社会群体都聚在一起，这一定会对个人的心理状态产生影响。

为了清晰地描述集中营里的社会关系，我将为您引用几件在这些营地里发生的事实。1933 年，第一批营地建立，是一些容纳两三百名囚犯的小营。由于纳粹接手管理权，这里的政治职能是纯粹的，因此他们可以在这儿消灭反对他们的人。此外，这里也是党卫队统治模式的试验田。党卫队在这儿接受训练，以完成之后统治欧洲的任务。

战争初期，集中营发展出了第二个职能。犹太人的大规模灭绝成为德国战争的经济必要条件。于是大型的灭绝营出现了：马伊达内克、特雷布林卡，还有最大的奥斯维辛。但是一旦这些大型的党卫队城市出现以后，就意味着又增加了一个新的职能。

1937 年，集中营的经济领导波尔就讲过这一点。他的历史性原话是："党卫队为什么不赚钱呢？"于是从那时起，营地被看作一个大型的工厂，在那里工作的囚犯受到了极其残暴的剥削。

起初，营地里的所有囚犯都被同等残酷地对待，但是慢慢地，在囚犯中间（在党卫队的庇护下）衍生出了一个不同阶级，也就是囚监和楼长。他们的角色像是党卫队的羽翼，所以他们可以轻易地将尽可能多的囚犯送去劳动。

1937 年，集中营里出现了第一批股份有限公司，持股人是……党卫队队员。战争期间，重要的德国工业公司（克虏伯、法本公司）的分部都建在集中营里，他们以每天 6 马克的价格向党卫队雇用囚犯。科贡在他的《党卫队之国》（ Der SS-Staat ）一书中计算出，每个囚犯每天带来的利润约为 4 马克，这意味着整个营地每天的利润为几十万马克，整个战争期间的利润则高达数十亿马克。虽然有 950 万人死亡，但其中约 40% 的人在活着的几个月里也曾为党卫队带来了利润。

只要在所有欧洲国家还有足够的犹太人和政治敌人，那么党卫队就可以无情地对待囚犯的生命。然而，1943 年左右，物资开始短缺，所以为了保证战争生产和党卫队牟利，有必要让营地的政权更加灵活。我们由此可以看出，党卫队对他们的囚犯有两个截然相反的目的：一方面是迅速、大规模、高效的灭绝；另一方面是保全他们的生命，以此榨取他们的经济价值。1944 年，集中营的功能一方面是灭绝营，另一方面是经济上必需的劳动营，它的双重功能让集中营内部的分裂达到了高潮。囚犯身上存在着一种特别的张力，拉扯于向死亡投降又不断恢复活力，内在的矛盾情绪在希望与恐惧之间挣扎，这种张力由于社会环境分裂引起的心理共鸣而得以维持。

因此，两个显然相互独立的现象可能已经在这里出现：营地的社会学结构和囚犯的心理学结构，双方关系密切。我们看到，一种与我们所熟知的社会根本不同的社会形态，也可以从一个我们以前完全不敢想象的深度引起心理上的变化，并通过上述心理状况的发展来达到适应营地环境的可能，其中的巨大个体差异也是不言而喻的。带有斯拉夫人的强悍性格，并早年就已经习惯于反犹太主义的东犹太人，与西犹太人的反应之间存在很大差异。犹太无产者，滑铁卢广场[1]卖橙子的商人和奥仁伯格岛上做雪茄的小贩比小康公民更容易受到殴

1　和后面的奥仁伯格岛都是荷兰的地名。

打，而小康公民挨了一句骂或者一巴掌之后，他自以为是的正义就已经全线崩溃了。如果他的自尊没有更深层的渊源，全靠社会地位支撑的话，这种情况就更严重。

总体来说，我们在营地中看到每个与有宗教信仰有关联（这个词从最广泛的意义上来说，甚至可以指代与政治体系或人本主义生活哲学有联系）的人，第一次打击之后恢复的速度更快。因此，虔诚的基督徒以及他们（心理上的）对立面——共产党人，能够在营地中保持最佳状态，甚至设法参加了某种形式的反法西斯组织，这绝非偶然。这与发生在和"信仰""真理"有密切联系的团体中的非法行为算是同一种现象。

上述的调整机制，就其性质而言，不适用于囚犯中的统治者群体——囚监和楼长，他们通常是施虐者和精神变态者，他们与党卫队的同伴一起喝酒，逛营地的妓院，并不居于人下。但是，对不得不经历营地的悲惨生活的囚犯而言，他之所以成功地维持了自己的生存，恰恰是因为到目前为止，他已经和自己会死亡的想法和解，并且对正常生活的渴望只是在真正关键的时刻才偶然地表现出来。长期以来，他保存了少量的生存欲望，因为他的潜意识里，仍然有种想法：存在的意义并不只是为了看到明天的太阳而已。

现在战争已经结束多年，我们经常看到，人们在营地中遭受的人格变化如此深刻，只有克服重重困难才能变回从前的样子。因此我发现，了解营地给人带来的生活态度的变化，以及我上面对其进行的简要概述，是我们能够帮助那些来我们这儿就诊的沮丧的前囚犯的必要条件。